문학과지성 시인선 628

축소모형

신원경 시집

문학과지성사

문학과지성 시인선 628

축소모형

펴낸날 2025년 12월 31일

지은이   신원경
펴낸이   이광호
주간   이근혜
편집   유하은 김다연 김필균 허단 윤소진 조아혜 최은지
마케팅   이가은 최지애 허황 남미리 맹정현
제작   강병석
펴낸곳   ㈜문학과지성사
등록번호   제1993-000098호
주소   04034 서울 마포구 잔다리로7길 18(서교동 377-20)
전화   02)338-7224
팩스   02)323-4180(편집) / 02)338-7221(영업)
대표메일   moonji@moonji.com
저작권 문의   copyright@moonji.com
홈페이지   www.moonji.com

ⓒ 신원경, 2025. Printed in Seoul, Korea

ISBN   978-89-320-4498-9 03810

이 책은 서울특별시, 서울문화재단 '2024년 첫 책 발간지원 사업'의 지원을 받아
발간되었습니다.

문학과지성 시인선 628

축소모형

신원경

시인의 말

　이 서재는 주인이 없고 무수히 꽂혀 있는 헌 종이 사이에서 내가 아는 얼굴이 그려진 한 장을 발견했다 마치 어제 스케치된 것처럼 깨끗하다 나는 그것을 조심스레 꺼내 들어 심장 가까이에 넣는다 단어 하나를 발음하면 영원히 그것이 되어갈까 봐 내뱉지 않으려 애쓰고 그의 얼굴은 홀로그램이 아닌데 빛이 들어서는 방향을 틀어낼 때마다 눈빛과 이름이 달라진다 심장의 어둠 속에 파묻힌 채로도 시시각각 달라지는 얼굴 그와 눈을 마주치고 싶지만 다시는 그 종이를 심장께에서 꺼내 들춰 보지 않을 것이다 여전히 주인 없는 헌 종이들

　바람에 나부낀다 방향을 정하지 않아도 방향이 정해지고 있었다

2025년 12월

신원경

축소모형

차례

5부 진동을 느끼는 사람

해설

1부
생성되기

작은 불길

너는 자주색 우산을 내게 기울인다
세계는 비스듬해진다

할 말이 있어 불렀다고 한다

네 이름에는 물은 없고 불만 잔뜩 들어 있다 너는 이름
의 물성을 알아내기 위해 모르는 사람에게 복채를 주고
이야기를 들었다 마지막 글자가 가리키는 방향은 어디인
지, 한자와 한글의 획은 몇 개인지, 그 속에 네 미래와 행
운과 생명선까지 들어 있다고……

그 이야기를 들은 순간부터 미래는 변형된다

점과 선과 면으로
이뤄진 세계는 단순하다

어떤 단어는 몸속에 갇혀 있다 성장에 일조하지 않고
오갈 곳 없이 기뻐하고 슬퍼하며

단어에서 눈을 떼는 순간 입체화에 돌입한다
마지막은 그림자를 갖추는 것 우산 안에서 맞닿아 있는
쪽은 젖지 않는다 사라지지 않는다

해악 없이 돌아다니는 귀신처럼

무소음의 세계에서
빗방울이 쏟아지고

네게 할 말이 있어

작은 불길이 생겨난다

바늘 꿰기

산책을 하다 교회에 다니라고 실과 바늘을 받았다 신이
우리의 사랑을 이해한다면 기꺼이 다가가겠지만 물어볼
방법을 몰라 반짇고리에 그것들을 넣어두곤 잠가버렸다
오래 입은 카디건 소매에 구멍이 생겼을 때 우리는 그때
받은 사랑을 떠올렸다 누가 가져왔는지 알 수 없는 텔레
비전에서는 이야기의 진실 혹은 거짓을 맞히는 프로그램
이 방영 중이다 우리가 집중해서 들은 것은 페스트가 유
행하던 시절 쥐가 파놓은 작은 구멍이 아무도 모르게 커
지고 있다는 이야기 구멍이 소리를 훔쳐 가 아무도 그 존
재를 모른다는 이야기 사람들은 실종 직전에야 구멍의 정
체를 깨닫게 된다는 이야기였다 그 이야기는 어떻게 실종
되지 않고 우리에게 전해진 것인지 알 수 없었다 방청객
은 모두 거짓 버튼을 눌렀다 그 이야기는 거짓이었다 그
러자 들려오는 또 다른 믿을 수 없는 이야기 그런 것들 속
에서 너의 소매는 기워진다 내일은 저걸 입을 수 있을 거
야 내일도 함께 산책을 하자 네가 베고 있던 베개에는 구
멍이 생겨 솜이 삐져나와 있었다 어떻게 이걸 몰랐을까?
우리는 내일도 길에서 받은 사랑을 꺼내게 될 것이다 솜
은 조용한 사물이고 바늘과 실도 조용한 사물이다 조용하

지만 살아 있는 것들이 우리를 무섭게 했다 너는 나와 함
께 무서워하는 것들에 대해 속삭이다가 잠에 든다 내일
아침 너는 꿈에서 나를 잃어버렸다고 말한다

후숙

모르는 사람들이 서로 꽉 끌어안고 있는 장면을 가로질
러 왔다 집에 오는 동안 혼자 추웠다

셋이서 만들어낸 철새 한 마리는 여기서 태어나 따뜻한
곳으로 이동하겠지 다른 곳으로 가기 위해 만들어졌으니
　포옹하는 순간에는 포옹밖에 모른다

정말 좋은 그림자들이었어
잘 모르는 우리가 함께 만들어낸

여긴 그 어느 곳보다 안전한 동네야 하고 싶은 말을 몸
속에 적었어 글자들이 겹쳐 어두워졌어 다시 출발지로 되
돌아오면 어디선가 좋은 냄새가 난다 간장과 후추 카레 냄
새가 나는데 채소와 고기를 다듬는 손을 상상할 수 없었다
가까이 서 있는 빠른 발자국이 좋은 냄새를 가져간다

그네가 흔들리고
시소는 기울어질 때
공원에서 무게중심을 잡던 사람들은 돌아가 익지 않은

토마토를 가늠하는 손이 되고

떠나간 그림자들은 떼 지어 지나가는데
자신이 먹은 것을 잊고 있었다는 듯 갑자기 토해낸다
토사물은 새롭게 지어질 둥지의 일부가 된다

이곳은 안전해서 아무 일도 일어나지 않고
나는 아무 일도 아닌 사람
포옹 말고는 아무것도 없다

사람만큼 복수 명사가 어울리는 단어도 없다고 말하면
단일 명사인 누군가가 고개를 끄덕인다

그림자 잘 도착했다고 문 닫히는 소리
아파트 단지에 크게 울린다

어둠 속에서 익어가는
남겨진 포옹

눈이 쌓인다

아침 (   )

우리가 서로 동시에 실망해서 다행이라고 느낀 적 있지

그럼에도 자고 일어나면 모르는 아침이 이어졌다

그다음은 네가 혼잣말을 되풀이하던 오전이 그다음은

풀밭에 앉아 있으면 모르는 사람들의 말이 우리를 마중 나온다 그런 말들은 실제보다 더 크게 들린다

그날의 소란스러움은 처음으로 몸을 맞대본 연인 같지 겹쳐 들리는 문장은 오랜만에 재회한 친구에게 애칭으로 불린 아이처럼 상기되어 있지

작은 소란은 모르는 사람에게 손을 잘못 흔들었을 때 되돌아오는 인사 같아서

노래하고 싶어지지

나와 다른 용도로 손을 사용하는 사람을 만나

　서로의 약점을 바꿔 갖고 오늘을 기점으로 십 년 후의
미래가 어떻게 변형되었는지 봐 나눠 낀 반지가 여전히
빛나는지

　유리잔 너머로 보이는
팔꿈치 아래

　내가 사랑하는 부위를 당신은 극도로 싫어한다
오직 당신의 몸이라는 이유만으로

　고장 난 에스컬레이터를 사이좋게 오르는 사람들 사이
피곤한 당신이 보여 등 뒤에는 어떻게 해야 당신을 앞서
갈 수 있을지 혹은 당신을 깜짝 놀랠 방법을 고민하는 내
가 있다

　에스컬레이터는 정지되어 있지 않고
천천히 내려가고 있어
눈치채지 못할 정도로

맞은편에는
지난주에 깨끗하게 수리된
에스컬레이터가 보인다
사람들은 가만히 정지한 상태로
지상에 도착한다

천국이나 지옥에도
이런 에스컬레이터를 타고 도달하는 걸까?
정지한 상태로 기다리세요 손잡이를 잡고
안전하게 지옥으로 도착하세요
그런 농담을 할 줄 아는 너

저녁을 먹고 집에 들어가자고 말하는 사람
곁의 또 다른 사람이 고개를 끄덕이는 동안
나는 그들을 지나치며
그들의 친구가 되어 함께 쌀국수 그릇을 비우는 모습을
상상한다

도래하지 않을 미래를 맞이하느라
우산을 늦게 펼쳐 들고

역시 네가 말한 대로야
모르는 아침은 계속 이어지지

엉망
그 단어로 다시 태어난다면

빗속에 섞이기를 선택한다
네가 되기 위해

상상 속의 너는
낯선 아침 속 사고의 당사자가 되어
산산조각 난다
프레임 속으로 빛이 들어서면
무한대로 증식할 줄 안다
사방팔방으로 떨어져 굴러간다

우연히 심겨진 자리에서 처음부터 다시 자라나는 너는

모르는 아침을 맞이할 줄 알고

청혼

네가 다른 사람을 사랑하자
낯선 사람 여러 명이 생성된다

서약했으므로
사랑하는 사람이 사랑하는 사람까지 사랑해보기로

오늘 내가 되어볼 것은
가본 적 없는 공원에 있는 너
전혀 닮지 않은 가족들과 함께 누워 있다

네 몸은 무리 지어 자라난 토끼풀을 짓이기는 방식으로
살아 있다 너는 가족들과 곧 태어날 사람에 대해 예측하
는 중이다 어디선가 날아온 줄무늬 탱탱볼이 배 위로 떨
어지고 너는 공을 도로 던져주기 위해 비틀거리며 바닥을
짚는데

일어나지 않은 일로 가득 찬 들판은
잠시 느리게 회전하고
그때의 너는 정말 용감해 보여

내가 선택하지 않은 너와
선택한 너는
이제 완전히 나누어져 다른 곳에 몸을 누이고 잠들어
있다

초대된 사람들이 서로를 향해 손을 흔든다 잘 모르는
사이라도 손을 들어 호응한다 뺨과 뺨을 맞대며 인사할
때의 나는
너조차도 사랑할 수 없을 정도로 흉측하지

새롭게 설계된 너와 사랑에 빠지려는 순간
한참을 기다려도 나를 발견하지 못하는 너

꿈에서는 자꾸 너와 모르고 지낸 날짜로 돌아간다
무엇이 달라졌는지 몰라 고개를 갸웃하며

아직 정해지지 않은 저녁
네 신발 없이 비어 있는 현관

혼자 있어도 외롭지 않은 셔츠

나는 당신이 이기적인 사람이라는 걸 첫눈에 알아봤어

사랑은 햇빛이 드는 곳이면
어디서든 자라날 수 있다

비어 있는 공원에 간다

택시 기사는 되묻지 않고 나를 그곳에 데려다준다

포포 만들기

모래 속에 파묻혀 있던 포포

다급한 마음으로 구조한다
포포는 물 없이도 열흘을 거뜬히 버텨낼 수 있지만

네가 목격한 것은
인간을 만들 때 사용하고 남은 흙의 일부도
다시 태어난 동물도 아닌

새롭게 태어난
유일무이의 포포이고

너는 포포가
한밤중 문득 인간의 형상을 갖추는 모습을 지켜보며
포포가 네가 알고 있던 바로 그 포포이기를 바라게 된다
평균수명보다 길게 살았던 햄스터나
한곳에 오래 꽂혀 있는 양장본을 닮은

포포는 온갖 불순물로 이뤄져 있다 이식에 실패한 심장,

출처를 알 수 없는 소나기, 먼지와 빛나는 사금, 포포의
가장 눈부신 잎사귀 들이 뭉쳐져 손과 발 얼굴 몸통을 이
룬다

　　언제쯤 완공되는지 알 수 없는 건축물처럼
　　사람이 살 수 없는 가정집처럼
　　만들어지는 포포

　　포포가 눈을 떴을 때
　　포포의 화분 없이 비어 있는 베란다가 보인다

　　한밤중 문득
　　너는 키워본 적 없는 식물을 들여
　　정성껏 물을 주고 잎을 닦아내고 있다

재앙과 복됨

경보음은 없다 스프링클러도 너를 보호해줄 젖은 손수
건도 불보다 차갑고 바깥 공기보다는 뜨거운 너의 호흡도
축축함과 건조함도

불과 너와 나

그림자는 번진다 비어 있는 쪽으로

요리하던 손과 냄비
좋은 향이 났었지
풀과 버터를 짓이겨 내가 만들지 않은 빵에 발라 먹을
때 삼키고 맛보던 혀가 존재하던 때

엄마
기원 전과 후가 어떻게 나뉘는지 알아?

이제는 저명해진 것 오래전 과학자와 고고학자 들이 발
견한 사실을 네가 되물어볼 때 마치 첫번째 발견자처럼
네가 자꾸만 같은 단어로 나를 호명할 때

몸에 불을 질러도 돼?

이곳에서 불이 난 적은 없다
다만 너와 나뿐인데

너의 목소리는 잘 모르는 언어를 읽을 때 가장 좋게 들
린다 태어날 때 익혔던 언어가 모두 불타 사라졌을 때 엄마
엄마 읽을 수 있는 눈을 잃었을 때 손가락은 지면에 닿고

너는 다시 묻는다
낮의 집과 밤의 집은 어떻게 달라지는지

온 집 안에 기름이 쏟아지고 그 위로 불이 붙는다 기름
이 되기 직전의 푸른 콩이 있다 콩은 작아져 씨앗이 되어
흙 속에 숨는다 비가 내리면

우리를 삼키던 불은 사그라지고
씨앗은 다시 자라 콩이 되고

작은 불과 너와 나만이 남아

타버린 목소리로 말하지

엄마를 사랑해도 돼?

대답하면
다시 솟구치는 불

우리를 자라게 만든다

처음 듣는 단어를 알려주는
목소리는 비어 있다

포포 기르기

나쁜 생각을 교환하자 처음 보는 아이가 태어났다

이제부터 네 이름은 포포야
고개를 끄덕이는 포포

　너는 포포를 공원에 데려가 공놀이를 알려준다 룰을 정하자 공이 나를 맞히면 잠시 사라질게 포포가 공을 던지면 너는 허공이 된다 공은 투명한 벽에 부딪힌 것처럼 직선으로 툭 떨어진다 포포와 나는 소리 내어 웃는다 깜빡깜빡 진공 상태 포포는 네게 던져야 하는 공을 자꾸 나에게 던진다 우리는 사이좋게 허공이 된다 혼자 남아 공놀이를 하는 것처럼 보이는 포포 우리가 사라진 만큼 몸집이 커지는 포포 난감한 얼굴로 우리를 구분하지 못한다 나쁜 생각은 주인을 잃어 엉뚱한 사람의 머릿속에 담긴다 머지않아 그에게서도 포포가 태어날 텐데

포포에게 우리는
교정되어야 하는 슬픈 손목
앉는 사람 없이도 모이는 세 개의 의자

삼십 초를 세고 나면 친구들이 찾아오기를 기다리지

포포의 공은 안경을 감추고 더듬거리며 빛을 찾게 만든
다 슬픈 표정과 기쁜 표정을 구별할 수 없다 포포는 아직
공원 바깥에 무엇이 있는지 모르고 뿌리 몸통 가지를 거
쳐 잎사귀로 도달하는 물의 맛을 모르고 가까이 있는 구
장에서 들려오는 함성과 비난을 주의 깊게 듣는다 포포
그건 나쁜 생각이야 말해줘도 계속해서 이어가는 포포 자
꾸 깜빡이며 길을 잃는 포포 그만둘 수 없는 포포

공원을 빠져나왔을 때 안쪽에 놓인 것과 동일한 배치의
의자가 있다
앉아서는 안 될 것처럼 보인다

공을 쥐고 있는 포포는 조금씩 줄어들고 있다

넘어간 공

천장 위로 그림자가 지나간다
몸과 그림자는 친구처럼 다정하다

손가락으로 손과 발이 생겨나고 왼손과 오른손이 교차
하고 균형이 맞지 않아 보이는 날개를 가진 나비가 태어
난다 날아갈 허공을 만들어준다 그림자는 자꾸만 태어나
는 것을 도무지 제어할 수 없다 모두가 같은 어둠으로부
터 나왔는데 다른 모양이 되어 저 멀리 사라진다 이것이
태어나면 저것이 필요하고 저것이 생겨나면 이것이 죽어
버린다 무언가를 만들다 보면 함께 태어나는 죽은 자들이
있고 그와 동시에 몸 바깥으로 뛰쳐나가는 영혼이 있다

같이 손을 잡은 채로 이어져보자고 제안하는
어디에나 그런 사람이 있지 않아? 내가 걱정하는 것을
덜 걱정하고 빛이 드는 방향을 유독 잘 발견하는

몸 위로 선을 긋고 두 개 이상의 영토를 만들기 정복이
라는 개념을 만들었다가 그 위로 비가 내리면 흐트러지기
그림자가 설 수 있는 곳이라면 모두 함께 일직선으로 나

란히 나아가보기 그림자로 세상을 정전시키기…… 상상
에 대한 그림자가 태어난다

모든 포유류는 기지개를 켠다고 하는데
그림자도 기지개를 켤까? 반사적으로 하품이 나올까?

무수히 질문을 만들어내는 그림자
저기 고여 있고
고여 있다 보면 흘러가고

쪼그려 앉아 해가 저물어가는 방향을 따라
미동 없이 움직이는 그림자

아무것도 먹지 않아도
몸집이 조금씩 커져간다

눈을 깜빡이면 신체 부위가 몸과 분리되어 어딘가로 날
아갈 것 같아 나의 몸은 어린이의 악몽으로부터 시작된
이야기 같다 그림자는 나의 몸을 조금 더 먼 곳으로 옮겨

준다

  어쩐지 다섯 살 때부터 정수리 위에서 들려오는 목소리
가 있더라니
  너였구나 중학생 때 잠시 들리지 않던 건 그저 침묵하
고 싶었기 때문이구나

  찬장을 열어보듯 갈비뼈를 천장 위로 치켜올리면
  구겨진 그림자가 정해진 순서 없이 스트레칭을 하고

  앞으로는 네가 나 대신 들어가 있어보는 건 어때?
  생각보다 쉬워

  나는 그의 권유에 따라 한낮의 커튼처럼 활짝 열린 갈
비뼈 안으로 들어가본다

  그림자의 세계는
  따뜻하고 캄캄하다

여기야 여기
몸을 힘껏 던져
다치지 않으니까

어둠 속에서 사물을 인식하게 된다

맥박이 흐르는 무수한 선을 밟지 않도록 조심하며
어디선가 날아온 공을 힘껏 받아친다

가풍

어제 내가 들은 이야기는
혼자 서 있다
밤에는 걸음마를 마치고 아침에는 달리기를 배웠으므로

공평하게 부피를 가진 것들을 모아 불을 지핀다 서서히
커져가는 불길은 집의 형태

문을 열고 들어가면 된다

어떤 비밀도 걸쇠도 없이
무력히 열리는 품속에서
징그럽게 너의 젖을 빨아 먹으면서 컸어
한 동네에 오래 살면
어떤 층에서는 수학 문제를 풀지 못해 혼이 나고
다른 층에서는 부러진 팔을 끼워 맞추게 돼
어떻게 잊을 수 있겠어
외출 후 돌아온 사람이 건네준
무관심한 애정의 맛을
타오르는 집 안에서

타지 않는 몸으로

마주 안으며 웃었던 날

네가 안전벨트를 거칠게 잡아당기며

운전석에서 소리를 질러대면

그대로 사고가 나 죽어버릴까 봐 걱정했어

그러나 어떤 종류의 사고도 겪지 못한 채

집에 들어왔던 것도

다음 날 우리는 평온한 얼굴로

각자의 아침을 잘게 씹어 먹었다

십 년 뒤 운전을 배운 내가

나의 아이들을 뒤에 태우고

안전벨트를 마구 당기면서 액셀을 끝까지 밟는 미래를

아직 알 수 없다

가상의 아이들이 가상의 차에 타서

가상의 사고를 겪게 되는 날짜에

동그라미를 쳐두고 싶지만

모든 조건문이 모여 집이 완성된다

불이 옮겨붙고 있지만 대피하지 않는 사람들과 함께
타오르는 집에 머문다 타오르는 아이들 타오르는 자동
차 타오르는 식탁보 타오르는 미래가 밝아진다

전도와 대류

이제는 더워질 일뿐이야

어젯밤 새로 자라난 사랑이 앙상한 뼈에서 떨어진다

아직도 옷장에 남아 있는 여름 옷가지가 지금을 우습게
만들어

방 안에 오래 있으면 본래의 체온을 잊게 된다

우리에게 필요한 물건의 모양새는 신체의 일부분을 닮
았지
숟가락과 팔꿈치 포크와 갈비뼈
나이프와 네 눈빛

복사뼈라는 말을 듣고 발목에 숨겨진 씨를 상상해야 해
없는 것을 볼 수 있는 시야로 우리는 여기까지 왔던 거
라고

인간은 무엇에라도 이름 붙일 수 있는 능력으로 생존한

다 이를테면 네 이름과 내 이름을 합쳐 아직 태어나지 않
은 이름을 구상하기 우리가 어떤 단어로 다르게 호명될지
찾아보기 아직 아무것도 이뤄지지 않았는데도 모든 것이
이뤄질 거라고 믿게 하는

그건 유해한 연기와 헷갈리고

너는 그 위에 내 이름 대신 낯선 이름을 적는다

함께했던 시간을 배속으로 설정해 지켜본다면
나는 더는 생각나지 않는 네 얼굴을 쓰다듬고 있고 분
명 상실을 경험한 표정

그건 무언가를 잃어버리는 것보다 이상한 일이다

바깥에서 처음 보는 사람이 걸어오고 있다 그는 귀에
들어오지 않는 언어를 구사한다 그것만은 너와 닮은꼴일
테고 그 외에는 전혀 새로운 사람이

회전문으로 이뤄진 심장 부근을 밟고서
걸어온다 포도 한 송이를 들고

자세히 들여다보면 결국 네 얼굴을 한
모르는 언어
모르는 손짓
모르는 사랑을 구사하는 사람

아직 깨물어보진 않았지만
알 수 있는

그는
집 안에서도
표정을 주의하라고 일러준다

밝은 곳에서 만나

계단을 만난다

너는 같이 내려가자 말하고
말은 번지고
그 말로 인해 생겨나는 내가

여기 있어

내려가다 만나는

잡히지 않는 신호
해석할 수 없는 말의 나열을 만나더라도
계속 가야 한다
이건 모든 게 정해진 모험이니까

(이 만남은 너의 죽음으로도 완벽히 맞춰진 뼛조각을 발견
하는 사건으로도 이어질 수 있다)

너는 떨어져 있는 나뭇가지를 주워

용도를 넓혀나간다

이후에 들어온 사람은
네가 발견한 용도보다
조금 더 나은 용도를 찾게 된다

먼 곳의 풍경은 모자이크로 보인다

바다에 빠진 사람은 픽셀을 삼백 개 이상 지니고 있고
우리는 그 사람이
무너져 내리는 풍경을 지켜볼 수 있다
산사태처럼
구조 요청 하는

무너진 진흙 덩어리 형태로 허우적댄다

그는 너의 친구 가까운 삼촌 오랫동안 증오했던 동생이
될 줄 안다
그를 구해야만 다른 곳으로 갈 수 있다

더 나은 나뭇가지를 위해

이때의 계단은 좁은 모양새
모르는 사람들이 다가와 가족이 되어간다
계단에 서서 아래를 바라보자
아주 넓은 계단 한 칸이 놓여 있고

서 있는 너
그런 너를 바라보는 너
아래 칸에 앉아 있는 네가
하나의 몸통에서 태어나는 여러 개의 그림자처럼
우두커니 지어지는 중

해가 질 때에는 음악이 들려온다
조도가 낮아지면 너는 체력 부족으로 정신을 잃고

집 안에 들어서 있다
두 갈래의 모습으로 갈라져

밝은 곳에서 만나자고 말 건네는 사람의 등장

너는 그 얼굴을
잘 알고 있다

탐조

　우리는 산을 오르기 위해 만났다. 손에는 모이가 든 작은 컵을 들고. 산에 오르기 전 스트레칭을 하다가 오래된 참나무를 바라봤다. 이건 삼백 년 넘게 살았네. 네가 중얼거리는 소리를 들으며 어젯밤 삶아둔 밤을 생각했다. 단맛이 없던 밤. 잘못 사 왔다고 중얼거리며 다 먹은 밤. 이미 삶아버린 밤이라도 땅에 묻어 정성껏 가꾼다면 다시 밤나무가 되어 저기 있는 참나무보다 더 오래 살아갈지도 모르지. 나무 앞에서 만나 함께 학교로 걸어가는 초등학생들을 지켜보면서. 혹은 나무의 가장 굵은 가지에 목을 맬 결심을 하기 위해 공원을 빙 도는 청년을 지켜보면서.

　너는 참나무 가지 사이에 지어진 새집을 보고 있었다. 마음이 슬픈 사람들이었다. 슬픈 사람들이 새를 보러 가는 모임에서 서로를 발견해 이제 새는 그만 보러 다니고 대신 산을 오르자고 제안해서 만들어진 하루였다. 너와 나는 이제 새 대신 산을 바라보고 있었다. 그만 슬퍼하기 위해 산을 오르기로 했는데 우리는 계속 무언가를 지켜보며 슬픔에 잠겨 있었다. 모이를 들고 있어도 다가오는 새는 없고. 함께 탐조를 다녀도 오늘 본 새들은 전부 처음 보는 새였다.

　내일 우리는 달리기 혹은 뜀뛰기를 하듯이 일을 한 뒤 집으로 돌아가게 된다. 그동안에도 우리가 함께 본 산은 그대로 있고 새는 방향을 바꾸며 날아갈 것이었다. 누가 지켜보지 않아도 생물의 본질은 동일해. 새가 새를 지켜 보듯. 산이 산을 지켜보듯. 우리는 서로를 지켜보기도 하 는데. 차가운 물이 담긴 컵이 새로운 물기를 만드는 것처 럼 슬픔이 만드는 또 다른 슬픔으로 산도 새도 계속 살아 있을 수 있었다.

　너와 나의 손바닥이 어제의 산과 새를 감싸는 동안 탐 조를 하러 나온 학생들이 지나가고 있었다. 어제는 못 본 사람들이었다.

　이름을 아는 새의 그림자가 보였다. 네가 새의 이름을 발음하려는 순간.

성묘

자라나는 풀 줄기 옆
잘려 나간 나의 기쁨이 놓여 있다

젓가락을 두 번 두드려 마음에 드는 곳에 올린다
식탁 없이도 식사는 지속될 줄 알고
아무도 자세를 바꾸지 않는다

재작년에는 이 자리에 씨를 심는 남자를 봤고
자라난 무덤의 밑동이 동네보다 크다

명절에 죽은 사람의 집에 들러 친하지 않은 사람과 가
벼운 마음으로 술을 뿌리고 잡초를 잘라내는 일
　낮은 뒷산에 만들어진 구름을 구경하는 일

산에 갈 때 들에 갈 때 성묘할 때
　어떻게 처음 모이게 되었는지 알 수 없는 모임에 갈 때
마다 펼쳐지는 은박 돗자리
　가족 이외의 실루엣이 앉아 있기도 해

그들과 함께 서로가 차린 음식을 먹으며
죽은 사람이 점점 넓어지는 무덤터를 바라본다

짓무른 식물의 줄기들
병들어가는 모습이 살아 있을 때보다 눈에 띈다

오늘은 바람이 좋다
고개를 끄덕거리는 일이 늘어날 때

죽은 것으로 가득한 이 들판에서
천천히 대낮을 느낀다

코끼리의 코

눈이 펑펑 내리는 날이면 그네를 타다가 뛰어내려봐
다른 곳으로 갈 수 있어

허공에서 발을 마구 구른다
고개를 들면 인사말이 내려와 어깨 위로 쌓인다
그네가 가장 높은 곳에 올라서면 공터의 용도가 달라
진다

이제 반경 오십 미터에서는 눈보라가 치지 않는다
나는 아직 허공에 있으므로
몸이 공기를 늦추고 있다는 사실을 모르고

그네의 줄을 놓쳤을 때
얇게 돋아나는 소름

놓치는 순간
머릿속에서 줄넘기를 하는 여자애가 독백을 시작한다
다음 날 아침에 새 학기가 시작돼 그러니까 다른 곳은
꼭 필요해 내게 익숙한 곳 변하지 않는 곳으로 가기 위해

그네를 타고 허공으로 오른다 나를 버리고
　동시에 껴안으면서

　여자애는 무한대로 줄을 넘고 있다
　하나 둘 하나 둘에 갇히는 사이

　밤에는 일기를 몰아 썼다 지나간 미래에서 가장 재미있
었던 일화는 혼자 동물원에 다녀왔던 일
　호랑이 우리 안쪽에 잠시 손을 넣었다
　모두들 용감하다며 나를 우러러봤지

　그러나 내일 아침에는 배정된 반이 있는 오 층으로 가
야 한다 겨울방학 동안 잠잠하던 책상 위에 이름을 새기
고 칼날로 다른 아이의 낙서를 지운 다음……

　그런 생각 속에서 다른 곳으로 넘어가고 있었다

　다른 곳은 잘 아는 곳
　이미 가본 적 있는 곳

이곳의 동물원에서는 우리에 끼인 손이 빠지지 않는다
당황해 손을 마구 휘저으면 호랑이는 점점 더 가까이 다
가오고
익숙한 얼굴의 어른과 아이 들이 나를 바라본다

각자 다른 곳에서 만난 사람들이
한곳에 모여 있다 나를 구경하기 위해

인간의 울음과 웃음
동물의 짖음과 신음이 뒤섞여
설명할 수 없음

손에 닿아오는 건 호랑이의 부드러운 털이나 송곳니
대신
코끼리의 코와 귀
그것을 쓰다듬으며
호흡과 음성을 이해하게 된다

인파 속에서 나는
랜드마크 혹은 조형물이 되어가는 것 같아

코끼리를 이해하며
오후 세 시에 코끼리 앞에서 만나기로 약속했을 두 친
구를 상상한다

세계는 철장에 갇힌다
모두의 머리 위로 눈이 쌓인다

교실 창가에서 운동장을 바라보면
줄넘기를 하는 여자애는 없고

새로운 반의 새로운 책상에는
코끼리 모양의 스티커가 붙어 있다

참 잘했다고 한다

결정체

핀셋으로
눈송이를 하나씩 들어 올려
날려 보내는 날이다

전철에서 읽는 책은
행간이 넓어
안쪽에 들어가 누울 수 있다
조금 더 얇은 스크린에서
눈이 내리도록
책장을 문지르며
그러나 이곳은
평평하고 탁한
재생지로 이뤄져 있다

그 위에서
팔을 움직여 날개를 만들고
온점을 훔쳐 떠날 채비를 한다

책에서는 한창

살인 사건이 일어나고 있다
모든 게 이상하리만치
쉽게 풀리는 날이다

소금사탕은 주머니에 세 개 이상 넣어 다니자
빠져나간 수분을 채우기 위해

오늘 나는 이곳의 주인공을 찾아가
머리맡에 사탕을 두고 올 수 있다
점심 식사 후 아무런 생각 없이
사탕을 꺼내 먹고
평소와 조금 다른 맛에
고개를 갸웃하는 그를 지켜보며
소리 없이 웃을 수도 있다

그가 숨어 있는 나를
영영 알아채지 못해
혼란스러워하는 내용으로
줄거리는 바뀌어가고

당신의 오늘 별자리 운세는 12등은 아니지만
적당히 기쁠 수도 있었을 5등

그는 적당한 단맛과 짠맛 속에서
회복될 수 있는 만큼의 불운을 겪는다

이 책을 빌려 읽을
다음 이용자는 알아챌 것이다

그가 처음 느낀 맛과 냄새

그동안 전철은
잠시 전기가 끊겨
캄캄한 강가를 지나고 있다

주인공과 나를 바꿔치기해도
아무도 알아채지 못할 때

교차되는 전철 앞에서

그는 다음 열차를 기다리고 있다

발파 해체

여기는 내 집이 아니야

잊어본 적 없지 오래전 이곳에 살았던 가족이 있고 혼
자 살았던 사람도 있다 죽은 자가 누군가를 죽이려 들다
가 문을 부순 적 있다 모르는 남자가 그 문을 수리하러 집
에 들어선 적이 있다 덧칠된 페인트 아래 살아 있는 상처
와 가끔 그곳에 말 건네는 영혼

어젯밤 저녁을 차린 식탁의 자리에는 몇 년 전까지 커
다란 오븐이 있었고 어떤 여자가 그 안에 머리를 넣었다
고 영혼은 말해준다 식탁은 치우는 사람 없이도 깨끗하다

미친 여자들이 어떻게 미쳐갔는지
이 집은 알고 있어
창문을 열고
그다음 창문을 열고
마지막 창문을 열 때

오늘의 바람과 빛을 구경할 수 있다

깎지 않은 사과 한 알은 오랜 시간이 지나도 썩지 않는
다 처음부터 살아 있던 적 없다는 듯이

오늘 밤 꿈에서는 산 사람들과 죽은 사람들이 모여
건물이 부서지는 것을 지켜봤다 공간이 망가지는 것을
보면 반사적으로 눈물이 난다

이제 여기에는 집이었던 것과 영혼이었던 것이 조금 남
아 있고
내가 그들과 같다는 사실은 늦게 깨달았다

꿈에서는 죽은 것들의 말을 들을 수 있는 귀가 있어
아직 들려오는 목소리

나의 열쇠는 오래전 이곳에 살았던 가족이 지닌 열쇠
모양과 같다
그들은 언제든 들어올 수 있다

가장 안쪽 창문을 닫고
바깥쪽 창문을 닫고
그다음 창문을 닫아도 그들은

빛과 바람이 되어 나를 비춘다

실비와 제롬

집 앞의 산을 보고 그들은 이곳에 왔다
산은 그 누구도 눈치채지 못할 만큼 조금씩 깎였다

실비와 제롬은 서로 상처를 건네며 회복했다 한 사람은
밥을 짓고 한 사람은 그릇을 치운다 함께 만든 것이 각자
의 손에서 깨지거나 버려지는 것을 보며 부끄러움을 느꼈
다 그러나 침대에는 언제나 이인분의 수면이 아름답게 놓
여 있었고

두 사람은 마흔아홉의 팔월까지 키가 자랐다 새끼손가
락 마디만큼 차이를 두고 나란히 그 사이에 인류가 진화한
것일지도 모르지 실비는 화가 날 때마다 과자를 구워 비둘
기들에게 뿌려 줬다 너희들은 조만간 배탈이 날 거야 그러
나 어떤 비둘기가 실비가 구운 과자를 먹었는지 구분할 수
없었다 새는 날 때부터 멀미를 앓는 얼굴이었다

땅콩을 먹다가 갑자기 입술이 부어올랐을 때 실비는 제
롬을 병원에 데려다주고 그곳에서 일기를 썼다 네가 죽으
면 나도 따라 죽을 거야 제롬은 죽지 않았다 그는 실비가

일기를 오랫동안 써왔다는 사실조차 몰랐다 어쩌면 나 혼자 제롬을 너무 오래 사랑했는지도 몰라 그렇든 말든 제롬이 살아 있기에 실비도 오래 살 수밖에 없었다

  그 어떤 일이 일어나도
  실비와 제롬은 실비와 제롬

  가끔 제롬의 꿈속에서는 알레르기 없이 반듯한 제롬이 아픈 제롬의 얼굴을 쓸어주고 갔다 그럴 때 잠든 제롬은 미소 지었다 실비는 그의 미소를 보며 주문을 외운다 다음 날 제롬은 배탈이 나 오랫동안 화장실에서 나오지 못했다

  자정에는 모르는 사람이 장미 다발을 들고 문을 두드린다 그는 이 시간에는 언제나 이 집에만 불이 켜져 있다며 당신들 때문에 잠을 잘 수가 없다고 말한다 실비와 제롬에게는 울음을 터뜨리는 아이도 강아지도 불면증도 없었다 일주일에 하나씩 사라지는 접시뿐이었다 장미는 그가 직접 기른 것이라고 했다 실비와 제롬은 화병을 마련하지

않았다

　쌀 알레르기가 생겨난 여름 그들은 함께 묻힐 묘지를 보러 갔다 실비는 무덤가를 전전하며 세심히 살폈지만 정작 유서를 쓸 때에는 그 사실을 잊고 '우리들의 뼈를 바다에 뿌려주시오'라고 적었다

　연잎과 망고 사과와 밀가루 중 하나를 골라 저녁 식사를 준비하다가 실비는 알레르기로 쓰러졌고 제롬은 언제 생겼는지 알 수 없는 종양으로 천천히 죽어갔다

　둘의 뼈는 서로 다른 곳에 묻히거나 뿌려졌지만

　그 어떤 일이 일어나도
　실비와 제롬은

배영과 잠영

자매의 이름처럼 들렸다
물속에 잠겨 너라고 부르는 너희를 읽으며

연애는 가족에 가까워지는 일

깊은 곳에서 뻗어 나가거나 천장을 보며 발을 구르는 것
얼굴을 마주 보기 힘든 것 숨이 틀어막히거나 완전히 자유
로워지는 것 내 앞에 어떤 생물이 있을지 알 수 없는 것
　테두리를 읽는 것

　사전을 찾아 읽어도 두 언어 중 하나는 내가 모르는 언
어인 것
　영영 읽을 수 없어도 쉽게 버리지 못하는

　신체의 구성은 언제 완성된 걸까 내 것과 같은 곳에 네
심장이 있고 뼈와 살이 있을 텐데 우리는 같은 공간으로
호흡하지만 서로의 장기를 직접 만져볼 일은 없겠지 각자
의 뼈 사진을 찍어 나눠 가진다 무수히 많은 사진 사이에
서 네 것을 찾아낼 수 있을까

네 어깨의 폭이 몇 센티인지 알고 싶어
네 어깨뼈가 내 것보다 뾰족한지 알고 싶어

물속에서 팔을 돌릴 때 나는 소리처럼
우리는 서로의 이름을 부르며 닮아간다
너의 눈과 어깨선을 보면서 바라던 게 이뤄지는 것만
같고

어렸을 때 쓰던 교과서를 펼치면 친구들의 필적이 가득
하다
엑스레이 사진을 햇빛 가까이에 비춰 본다

다가올 서로의 질병을 예감한다
나를 감싼 액체의 온도에 익숙해지면서

천장에서 물속으로 시야를 내리는 순간

풀장의 끝에는 네가 쪼그린 채로 나를 바라보고 있다

가드닝

우리는 쓰러져가는 나무 위에서
제대로 서 있는 법에 대해 이야기했다

어깨를 감싸 쥔 검은 손은 처음부터 놓여 있었다
쉽게 뭉치고 잘 풀어지지 않는다

자라난 우리는 같이 밥을 먹고 산책을 하고
일주일에 한 번 함께 자는 사이가 된다

문을 잠그고 사랑을 하거나 서로의 습관을 이해하지 못
해도 여전히 가장 가까운 사이라고 믿어?

한 사람은 고개를 끄덕이고 한 사람은 대답하지 못하는
사이

새끼손가락이 어디까지 구부러지는지 알아보자고 장난
치다가
결국 부러져 응급실에 다녀온 날

붕대에 감긴 손가락은 혼자서도 움직일 줄 안다
너는 자꾸 우리 말고도 누가 있다고 잠꼬대를 하고

이제 우리 집에는
아무도 없다는 것을 깨닫는다

아침에 일어나
전속력으로 달리는데
갈 수 있는 곳은 더 빠르게 사라져

정원용 가위는 오래도록 무뎌져
아무것도 다듬을 수 없는 슬픔에 빠져 있다

귀가한 뒤 마주 본 얼굴에는
너도 나도 모르는 표정이 붙어 있다

떼어내려 손을 뻗을 때
우리는 다시 오래전
동네에서 가장 커다란 나무 위에 올라서 있고

구부러진 나무가 더욱 구부러지는 것을 느끼며
이것이 슬픔이라는 것을 알아

이제 얹어져 있는 손은
내게 없는 것

언제 올 수 있겠어? 물으면
금방 갈게 답하지
한쪽 손이 사라지면 다른 손이 되돌아오던

나무가 아닌 것에도
네가 앉아 있다

투명한 돌

너는 내 손바닥에 빛이 든 투명한 돌을 쥐여 주고 함께
걷다 사라진다

네게 비밀을 말해주고 싶어
쪼그려 앉아
무릎에 속삭인다

꿈에서 고양이의 이름을 지어주기 위해 고민했어 어떤
이름이 좋을까
흰 털을 가지고 볼 안쪽에 먹이를 숨긴 것 같은 표정을
짓던 고양이
그 애의 이름을 짓기 위해 서점에서 두꺼운 사전을 훔
쳤어
내가 지어준 이름은
하나

이름을 부르자 고양이는 웃었다

너는 투명한 돌의 정체가 백수정 원석이라고 했다 나는

그것을 하늘 높이 들어 내가 보지 못하는 것을 담아 오길
바랐다 다시 들여다본 원석 안에는 네 눈밖에 보이지 않고

　단둘의 비밀인데 한 사람은 죽고 다른 한 사람은 잊는
다면 비밀은 어떻게 되는 걸까

　투명해진 채
　강물에 뛰어들어 물고기에게 잡아먹히고
　그 물고기는 다시 인간에게 잡아먹히고
　인간은 땅에 묻히고
　비밀은 공기 중을
　외롭게 떠다니는 걸까

　무릎으로 들은 비밀은 온도로 기억된다 감기에 걸린 날
네가 숟가락을 들어 먹여준 저녁 식사처럼

　너는 이 돌이 몸의 균형을 잡아주고 나쁜 기운을 없애
주며 영화 한 편을 끝까지 보게 하고 밤에 이유 없이 울지
않게 하고 마음속 어두컴컴함과 용감히 싸울 수 있게 할

거라고 말해주었지만

돌은 만지면 만질수록 불투명해졌다

명환과 나

겹겹의 옷을 벗는 너를 보며
사람의 조상은 사실 양파가 아닌가 생각한다

추운 날에도 살을 맞대기 위해
목도리와 스웨터와 장갑과 양말을 벗는
소공녀*의 두 사람을 함께 지켜봤었지?
미소와 한솔이
우리와 다를 바 없이 어려서 슬쩍 웃었잖아

사람은 아무 때나 사람이거나
사람이 아닌 것이 될 줄 안다

원숭이로
괴물로
천사로
물러터진 토마토로도 보일 수 있는 사람은
문을 잠그고 사랑을 할 때와
평소보다 길게 느껴지는 횡단보도의 신호를 기다릴 때
샴푸 향을 맡기 위해 뚜껑을 열 때의 얼굴을

다르게 구성할 줄 알아

일터에서 스티브였던 너는
나에게 아직 먹지 않은 카레고로케가 되었다가
보험 해지를 하기 위해 최명환이라는 이름을
정확히 적기도 한다

증오는 상한 우유에
사랑은 팥이 든 찹쌀도넛에 비유되고

나는 기나긴 식사를 마친 뒤
읽던 책을 펼쳐
커피를 한 잔 내리기 위해
미뤄왔던 것인데
그런 시간은 도무지 발견되지 않고
냉장고 속에서 고로케는 미지근해진다

오늘 저녁에는
라구소스를 만들기 위해

잘게 썰은 양파와 가지와 호박

토마토소스를 나열한다

한국은 왜 토마토소스를 유리병에만 담는 걸까?

서양인들이 매일 자랑하는

캔에 담긴 홀 토마토로

라자냐를 만들어 먹고 싶어질 때는 어쩌지

그다음 장면에서

함께 마트 수입 코너를 산책할 때 너는

모양 자로 복잡한 무늬를 그리듯

점차 환해지고

환해지다 못해 모습을 감춘다

너는 옷을 벗고 있다

나와 사랑하기 위해서

혹은 깊은 잠에 빠지기 위해서

속옷을 챙겨 단번에 욕실에 들어서서

귀갓길에 새로 사 온 허니 앤드 밀크 로션을 바르고

코를 골며 잠들 것이다

잠든 네 몸을 훔쳐보는 동안
꿈속에서 너는 배운 적 없는 오보에를 연주 중이다
모두가 완벽한 끝을 기대하고 있다

명환아
불렀을 때

잠결의 네가 쳐다보는 얼굴의 구성은
침묵과 응시로 범벅된 첫 만남의 모형

아침에는 고로케를 꺼내
평평한 접시 위에 사 등분으로 잘라둔다
집 안의 모두가 나눠 먹을 수 있도록
그게 명환과 나뿐이더라도

* 전고운 감독의 영화(2018).

소등

어제 네가 빌려 온 책은
우리가 늘 함께 아침을 먹는 식탁 위에 놓여 있다

그 책은 강아지를 돌보는 일과 지구를 돌보는 일이 얼
마나 가까운지 속삭인다

이곳과 계절이 반대인 남반구에는 모래사장 깊숙이 몸
을 넣고 강아지와 함께 햇볕을 쬐러 온 두 사람이 있다 해
가 지면 그들은 그들이 갈 수 있는 모든 곳에 발자국을 남
기며 집으로 돌아간다 죽기 직전까지 우리와 함께 살았던
이곳을 기억할 거야 하지만 그들은 우리를 모르고 우리도
그들을 만나지 못할 테니 소용없는 일이었다

정말 소용없는 일일까?
너는 중얼거린다 신문을 펼쳐 들었을 때 온몸을 마비시
키는 사건이 한 장을 넘기자 형체 없이 사라지는 것처럼

소용없는 일?

멀리서 피어오르는 연기를 응시하다가 안으로 들어가
선악 없이 입 맞추는 사람들
그런 것은 언젠가 깨지고

망치를 든 채로
유리를 다정히 지켜보는 것
그것이 이 집에서 서로를 사랑하는 법이다

무언가를 태어나게 하잖아 개가 될 강아지를 돌보고 언
젠가 사라질 햇빛을 지켜보는 건
빙하가 녹아내리는 중에도
공평히 내리쬐는 햇볕의 온도를 나누기 위해 손바닥을
섞는다

한밤중 잠이 오지 않아
펼친 책에는 남반구의 사람들이 담겨 있다 그들은 우리
의 말을 이해하지 못하지만 우리 쪽으로 손을 흔들고 있어

낮이 되어 불을 끄면

모르는 개가 집 안에 들어와 비어 있는 유리창을 향해
달려간다

추분

　꿈속에는 오래전 사귀었다가 알 수 없이 헤어진 친구들이 측백나무 몸통을 끌어안고 잠들어 있다 수확 철이 다가오면 잡초 없는 들판에서 그들이 살아 있는지 확인한다 나무는 다 자라도 끝났다는 말을 하지 않아서 떨어진 잎을 주워 살펴야 한다 그 나무가 무덤가에 심어진다는 사실은 나중에 알았어 담장 너머로 몰래 흘겨본 붉은 얼굴들 잠들었을 때 살아 있는 게 느껴져 생명은 질긴 속성을 가지고 있다는 걸 알려주지 측백나무에는 시신에 생기는 벌레를 죽이는 힘이 있다 질투는 누가 가르쳐준 적도 없는데 햇볕보다 깊숙이 들어서 있고 오늘은 낮과 밤의 길이가 같은 날 완전한 동물도 식물도 아닌 것들은 당장 내일 죽는다는 것도 모른 채 열심히 뛰어다닌다 추분의 태양과 지구의 위치를 찾으면 가장 잘 익은 밀감을 나눠 먹기로 결심한다 우주의 부피는 어떤 것으로 잴 수 있을지 이야기해보자 그럴 때만 깨어나던 친구들은 꿈속에서 오래도록 행복할 것이다 달은 해와 다르게 눈을 찌르지 않지 그래서 생물이 살고 있다는 것을 믿어 측백나무는 결국 우리 집에서 가장 나중에 죽게 될 것이다 강가에는 아무도 찾아가지 않는 흰 실내화 떠 있다 울음 없이

2부
축소모형

축소모형

선조들과 함께 살아가던 동네의 모든 개가 한 방향으로
달아나 다시는 돌아오지 않았다는 이야기로 수업은 시작
된다

페이지 넘어가는 소리

도망친 개들을 교과서 안쪽에서 찾아낼 듯이

개들이 빠져나가는 풍경 속으로

우리의 모습이 겹치고 건설되는 동안

아이들은 먼 곳을 바라봐 곧 울릴 점심 종소리를 기다려

달아나는 모습을 지켜봤을 이들을 탐구해보자 도망간
개들에게 붙여줬던 애칭이 몇 개나 될까 세어보는 무리에
대해

그림자가 모여 커다란 기조가 형성되기까지

땅 아래서 썩어가지도 않는 애정

잠결에 들리는 줄 알았던

짖어대는 소리

이따금 찾아오는 외부인의 발자국에도

경계하는 동물 없다

너희는 곧 도착할 재해를 예감한 걸까

마을은 어째서 점점 커져갔을까 한 세기를 채우기도 전
에 흩어지거나 무너진 옆 마을을 지켜보며

그래서 그 개들이 정말 갖고 싶었던 게 무엇일 것 같아?

칠판에 모르는 이름을 적는 선생님을 따라 필기한다 교

과서를 읽는 하나의 목소리에 의해 마을이 천천히 재건축
되고

　우리는 그곳에서 곧 달아날 개들의 모습을 관찰하는 주
민이 된다

　그러나 여기서 알 수 있는 건

　오후 여섯 시 수업을 마치고 어른들 없는 곳에서 담배
를 피우는 애들 나이를 알 수 없는 표정으로 도망갈 계획
을 세우는 너희뿐

　역사 없는 곳에 사는 사람은 커서 재미없는 어른이 된
다는 말을 반복한다

　아이들은 여섯 시가 되면 사라지고

　밤늦게 다시 부풀어 오른다

개들은 끝까지 개로 살다가 죽었을 거야

누군가 버려진 애칭들을 찾아 읊어내면

눈앞은 비어 있는 교실로 가득 찬다 사라졌지만 목격할
수 있는 아이들로 구성된

교실 창밖에서만 보이는 해가 하나 더 있었지만

아무도 믿어주지 않았다

축소모형

깨어났을 때 여전히 한밤중이었고
아무리 기다려도 해는 돌아오지 않는다

소년은 어제 삼 교시 역사 시간
공책에 적어두었던 누군가의 이름을 발음해본다

그 이름을 연달아 부르면
다시 밝아질 것 같은 예감이 들었지만 누구의 이름도
소용없고

사람들은 어두운 아침
공원에 가 손을 잡고
서로의 심박 소리를 주의 깊게 듣는다
주민들이 자꾸 늘어나 초등학교 하나를
정문에서 후문까지 두를 수 있을 만큼 원이 커졌을 때
소년은 이해할 수 있었다 어째서 사람들이 달아난 개들
의 이야기를 여전히 믿고 있는지
땅은 언제나 땅이고 이곳에 심어지고 생존하는 생물만
달라질 뿐인데 꼭 이런 재앙이 다가올 줄 알았다는 듯

미워하고 가끔 편안해하는

부모의 얼굴
증조모의 얼굴
선생님의 얼굴을 곱씹을수록 몸이 자라나는 것 같았다

소년은 자신의 손을 미지근하게 쥐고 있는 이들로부터
달아날 수 있기를 바란다 그러나

어두컴컴한 마을은 꼭 방금 이사 온
모르는 동네처럼 보여서

먼 곳에서 이곳으로 뛰어오는 발소리 들리지만
아무도 도착하지 않는다

한밤이 찾아와
아침과 저녁의 어둠이 미세한 조도 차이를 가지고 있다
는 것을 눈치챈
사람들은 헤어지며 내일 다시 만나자고 인사하고

손을 흔든다 조금씩 다른 빠르기로
흩어져 점이 된 사람들은
어둠을 미워하지 않는다는 듯이
침대에 들어가 꿈 없이 잠든다

아름다운 이 아침
소년은 교실로 들어서고
가장 먼저 도착해
캄캄한 책상 위에 엎드려 수업을 기다린다

누구도 소년을 부르지 않는다

축소모형

달려오는 너

어두울 때 소리가 울리는 것 같아
보관할 수 없는 것들로 이뤄진

주민 설명회는 영상으로 송출되고 이곳에 살지 않는 사
람도 들을 수 있다

어젯밤 우리가 있는 곳에 해가 비쳤어 꿈인 줄도 모르
고 기뻐했지 같이 손을 잡고 일몰을 보러 갔는데

너는 높낮이가 다른 손잡이를 쥐고 학교에 간다 예상치
못한 순간 버스가 정지하면 사이좋게 오른쪽으로 쏠린다
중심을 잃는 일이 잦을수록 서로를 좀더 알게 된다 초록
색과 흰색의 운동화 끈 동여매는 손가락
만져보고 싶어

이곳은 꼭 잡아먹힌 것 같아요
세상이 내장처럼 캄캄해요

태어난 여름과
죽는 여름이 달라진다면

무엇이 달라질까?
해가 들지 않는 곳에서도 아이는 태어나고
빛을 뜻하는 한자를 쥐고 살아가는데

아파트 벽면을 다시 칠할 예정입니다
케이크의 코팅을 수정하자는 듯

언제 꺼질지 모르는 형광등과 인조 태양광 속에서
색이 바래가던 것들이 정지되어 있다

누구에게도 기울어지지 않는 시소
여전한 정전
네가 기억하던 풍경은 이제 다시는 반복되지 않고, 마
치 영화처럼, 사람들은 구분해두었던 영토를 잃고, 아이
들과 아이들, 사 단지와 오 단지, 삼십이 평과 이십팔 평

의 차이, 더는 목격되지 않는 까마귀, 복구 불가, 기억나지
않는 얼굴의 나열, 다만 소파 위에 몸을 누이고 잠을 청할
때, 쏟아지는 출차 경보음,

　새벽 다섯 시에도 뛰는 사람들 사이에서
　멈춰 서는 너

　오래전 잃어버린 개의 이름을 부른다

　내다보는 얼굴 없이

축소모형

카오루를 마주치면

당신이 떠올린 하나의 카오루는 사라진다

열쇠를 잃어버려 울고 있는 소년을 난처한 얼굴로 바라
보고 있는 카오루 옷깃이 동그란 셔츠를 입고 있다 이곳
이 처음인 카오루는 오랫동안 만나지 못했던 스승을 보러
왔다 여긴 낮에도 캄캄해서 붙잡는 손길을 통해서만 알아
볼 수 있어 차를 몰고 마을에 서서히 진입할 때 빛은 점차
줄어든다 나쁜 달나라의 장난*처럼

무수한 풀줄기 사이에서 선생님을 찾는 손길은 머릿속
에 심어진 것처럼 선명하다 풀밭에 앉아 종류를 알 수 없
는 나물을 꼼꼼히 캐내는 사람들이 동네와 무관하게 나타
난다 무덥도록 껴입어 풀밭에서 더욱 눈에 띈다 봄이 찾
아오면 앙상한 가지를 천천히 기어가는 잎사귀가 보이듯
구석에 남은 눈이 사라지듯 작은 노란색 꽃들이 가장 먼
저 터져 당신의 눈에 들어서는 것처럼 나물 캐는 사람들
이 들판 위에 앉아 있다 국가기록원이 공개한 1994년의

‘봄나물을 캐고 있는 어린이들’은 이번 사월에 마주친 풍
경과 다르지 않다 그들이 사라져도 그다음 계절에 나물
캐는 여자들이 등장할 것이라는 믿음이……라고 수첩에
적는 카오루 사람들은 더는 수첩을 들고 다니지 않지만
카오루는 소년을 달래다가 그 수첩을 떨어뜨리겠지만

　예전에는 우는 소리가 자주 들렸는데
　지금은 아무 소리도 안 들려
　정말로 어릴 때에만 들을 수 있는 소리가 있나 봐
　누가 그런 소리를 모아서 건네준다면
　빛을 흡수하지 못하는 눈으로 전봇대에 부딪쳐 죽은 까
마귀도
　발소리를 가진 생물이 되어
　누군가에게 카오루가 될 수 있을 텐데
　도무지 녹지 않는 눈밭에서 얼어 죽지 않고
　햇빛 없이도 동일한 생활을 유지할 방법을 찾으며
　아직 기억하는 인간의 얼굴과 먹이를 맞춰볼 텐데

　열쇠 없이 열려 있는 문

집 안쪽으로 뛰어들며 사라지는 아이
차도에 떨어져 있는 카오루의 승용차 번호판
햇빛 아래 오래 놓여 있던 유치원 모자와
물기 없는 손수건이
사건의 단서처럼 놓여 있다

헬리콥터를 타고 높은 상공에서 내려다보면
이 땅은 어두컴컴해서 버려진 마을처럼 보일 거야

있잖아 일본어로 얼굴은 카오(かお)
에스파냐어로 얼굴은 카라(cara)
신기하지 않으냐고 물으려던 찰나

카오루의 얼굴이 더는 기억나지 않는다

……

선생님은 잘 만나고 왔어?

그릇의 물기를 닦는 연인에게 카오루는 그곳에서 본 풍

경을 건네주려 수첩을 찾고 있다 햇빛이 환하게 들어오는
이곳을 근처에 작은 초등학교가 있어 듣기 좋은 소음이
들려오는 이곳을 카오루는 어쩐지 떠나버리고 싶다

* 김수영.

축소모형

너를 감추는 차가운 강가 앞이다

강물은 아직 남아 있는 땅을 향해 흘러간다 처음 이곳
에 진입한 생물들은 어리둥절할 것이다 가장 잘 보이던
먹잇감을 감추는 어둠 속에서 회전하는 동공들 패턴을 찾
는 중이다 상승 하강 다시 상승 그리고 하강 몸통은 호흡
과 일치하게 흔들린다 새 또한 뱃속에 갇혀 호흡을 배우
고 어미의 먹이를 섭취하는 법을 익히는 동물이었다면 어
땠을까 모체와 분리되지 않고 생성된 두 날개로 멀리 날
아갈 수 있었을 것 같니? 자정의 일광욕처럼 오래도록 돌
아오지 않는 대답 영원히 자라지 않는 소년들과 얼굴 위
에 아무것도 띄우지 않는 나이 든 여자들이 서 있다 습진
위에 크림을 바르며 얇아지는 피부를 관찰한다 국경을 넘
어 해가 뜨지 않는 땅을 목격하고 싶다 홍수에 잠긴 도시
를 양동이로 퍼내려는 것처럼 동일히 반복되는 동작들 살
릴 수 없는 생물을 살리기 위해 모두가 어리석어졌으면
저기에 선교사들이 도착하고 있다 두꺼운 손으로 자작나
무의 피부를 더듬으며 알 수 없는 슬픔을 들고서 처음으
로 신의 동작과 언행을 받아 적은 사람을 찾아달라고 부

탁한다 물어보고 싶어 사랑을 허락할 자격은 누구에게 있
느냐고 빛을 조정하는 자격을 잘게 잘라 모두에게 나눠달
라고 새는 부러진 다리로 겨울에는 여름으로 여름에는 겨
울로 이동한다 사는 내내 그것만을 반복한다 너는 그 발
목에 매달려 살려달라고 소리 지르는 장면을 그린다

　눈꺼풀 안쪽으로 흐르는 오래된 공원 위에 네 몫의 매
트가 펼쳐진다

축소모형

강가 앞에서 소년들이 차례로 뛰어들고 있다

허리를 꼿꼿이 펴고
다이빙 연습 중이다

해 없이도 열파가 일어나는 칠월
소년들은 더는 학교에 가지 않고도
새로운 길을 찾아내고

집에 돌아왔을 때
오후의 햇빛 아래 놓여 있던 식탁이 부서져 있다
바닥에 닿지 않는 발을 흔들며
어둠 속에서 차가운 수박을 베어 물다 말고

속삭이는 머릿속에 주저앉아
휘청인다 빠르게 찾아오고 사라지는 폭죽들 너의 머릿
속에서는 사거리 앞 신호등의 오작동으로 인해 추돌 사고
가 연달아 발생 중이다 한 대의 차가 회전하면 다른 차가
가로지르고 저 멀리서 달려온 차가 앞선 차를 들이박는다

다른 길을 이용해 또 다른 추돌 사고를 발생시키려 속력
을 내는 동안
　경광등 깜빡인다

　모두 이사를 가는 동안 남겨진 소년들은 한곳에 모인다
자라온 땅과 상관없이 친구가 된다 곧 생성되는 집합

　스스로 아무것도 선택할 수 없는 배경을
불투명도 칠십 퍼센트로 맞춰둔다

　어머니는 이미 내 것이 된 땅을 떠날 수는 없다고 중얼
거린다

　그동안 너의 시력은 어둠 속에 있다 나란히 커지는 동
공 익숙해지는 그림자의 움직임 차안기로 한쪽 눈을 가리
고 읽을 수 없는 숫자와 알파벳을 뱉는다 분명해졌다가
흐려지는 붉은 열기구 속에 담겨

　최대한 먼 곳을 응시한다

예비되어 있던 빛이 소진되면 또 다른 손전등을 꺼내며

어둠 속에서 손을 잡고 나아가고 있다

축소모형

스위치를 눌러

당신이 살던 지형에 불을 붙인다

모형은 마을의 연대기를 끌어안고 있다 첫번째 버튼을
누르면 기원전의 세계가 켜진다 마지막 버튼을 누르면 우
리가 오랫동안 사랑한 얼굴들이 잠든 땅이 밝아지고

모형 해는 전구가 나가버려 불이 들어오지 않는다
인간의 세포를 떼어 증식해둔 모형들이 움직여

같은 지점에서 누군가는 귀가 중 칼에 찔려 죽고 누군
가는 전쟁을 겪고 누군가는 시위를 일으켰다는 게 악법을
만들고 악법을 파기하고 오래 생각했지만 여기서 헤어지
는 게 맞아 그렇다고 너와 보냈던 시간과 사랑이 사라지
는 건 아닐 거야 많이 배우고 웃었어 믿는다는 게
　폭설이 오래도록 내려 기록적인 땅이 되었다가
　그 기록을 부수는 비가 쏟아지고 잠옷만 입고 돌아다니
는 미친 여자와

나체로 생활했던 사람들이 이곳에

버튼을 눌러 확인해봐
네가 살았던 마을의 지형도를
나의 마을은 어느 날에는 식민지였으며
어느 날에는 잘 다듬어진 공원이 된다

당신은 박물관에서
모형과 연결된 스위치 여러 개를 한꺼번에 누른다
지나가는 두 연구원은 유적지에서 발견된 물건을 복원
중이다 아직 용도를 몰라 이름을 붙여주지 못하는 그건
문을 열게 하는 손잡이 같다가도
날카로운 나이프 같아서
스스로를 찌를 수 있게 하지
자신의 죽음을 통제할 수 있다는 사실이 주는 안락함을
알고 있는 사람이라면
그 도구를 어떻게든 이해하겠지

빛이 들어오지 않는 모형 중앙에는

비석 하나가 놓여 있다 해가 뜨지 않던 시절에 태어난
아이들의 이름과 개들의 이름이 이리저리 뒤섞여 있다

내핵 속에서 발견되기를 기다리는
얼굴 하나 둘 셋……

홀로그램 모형 안
떠도는 영혼 하나

3부
동족포식

정육각체의 눈

그치지 않는 눈이 내리고 있습니다 턱끝까지 쌓여 곧 집이 으스러질지 모릅니다 사람들은 창가 너머의 얼굴을 이해합니다 눈발에 묻히는 말과 문틈 사이에 끼어 있는 편지 밑줄 그어진 문장을 소리 내어 읽는 목소리 눈을 관찰하는 당신의 얼굴을 제외한 모든 것이 눈으로 가득 채워져 있어요 사박사박이라고 말하면 발자국이 생겨납니다 그는 눈을 밟기 위해 태어난 사람 그는 모르겠지만 지금 내려오는 눈이 그를 키웠습니다 그가 사는 동안 흘려보낸 물이 증발을 거쳐 그를 감쌉니다 그는 자신의 얼굴 말고는 무엇도 볼 수 없습니다 아이들은 더는 죽음을 검은색이라고 배우지 않습니다 사람들은 눈을 멈춰달라고 빌었지만 그들이 불러낸 것은 모두 다른 신 완전히 동일한 사람은 한 명도 없는 것처럼 그들은 기도를 하면 할수록 외로워집니다 인간들이 촘촘히 붙어 있습니다 그래야 눈이 되지 않는다 믿습니다 그런 순간이 믿음을 정육각형으로 만들고 정육각체가 될 수는 없고 모두 다른 신은 모두 다른 머릿속에서 생활을 계속합니다 눈사람이 되면 햇빛이 드는 날 녹겠지 우리는 우리의 손을 좀더 붙잡게 됩니다 적어도 이런 이야기 하나쯤은 가지고 있어야 사람이

태어나는 일이 신비롭지 않을 것 같습니다 하지만 인류에
게 좋은 이야기란 도무지 생기지 않고 사람이 죽는 일은
자주 반복되고 우리는 여기서 눈을 맞고 있습니다 눈은
소리 없이 그림자 속으로 들어가 천천히 멎어갑니다 방금
태어난 사람들은 아직 눈을 맞아본 적 없어 외로움을 모
릅니다

모두 다른 신이 이곳을 떠난 이들의 눈을 천천히 감겨
줍니다

얼굴 위에는

눈송이 하나만이

동족포식

물이 튀어 오른다

새끼 거미들은 자신이 만든 미세한 구멍을 통해 알 주머니를 떠난다 처음으로 실을 뽑아내 모든 것을 새롭게 만들어보기로 결심한다

거미는 함께 태어난 거미들을 자신과 동일시한다 한 마리가 죽으면 모두가 동시에 끝장나고 한 마리가 물에 빠지면 모두가 익사의 공포를 느끼게 될 거야 거미는 슬픔에 빠져 세상에서 가장 복잡한 집을 짓기 시작한다 빠른 손짓과 발짓

형제들은 서로 잡아먹으며 몸집을 불리고

푹신한 모래가 있는 곳
오래된 건물이 서 있는 곳
들이는 식물마다 죽어버리는 방을 향해 기어간다

다음은 한 마리의 거미가 살아 있는 동안 만들어낸 거

미줄을 분석해 유추한
  그가 함께 태어난 이들에게 남긴
  음파다

*

  같이 사라지자
  이런 말은 따뜻한 홍수와 지진처럼 모두를 헷갈리게 해
사랑한다는 말은 시작을 뜻할 수 있고 이제 그만 끝내자
는 말이 될 수도 있다 그런 건 우리만 구분할 수 있잖아 아
니 이미 모두가 알고 있을 수도 있지 우리의 몸짓이 먼 나
라에서 태어난 거미의 몸짓과 다르듯이 얼굴을 보여줘 네
가 나를 잡아먹지 않는다는 것을 증명해줘 그런 말을 건
네면 너희들은 아무런 움직임도 보이지 않는다

*

  노력하고 있어
  잘 모르는 생물을 구현해내기 위해

실을 쌓고 무너뜨리고
쌓고 무너뜨리고
다시 쌓고 무너뜨릴 때
변화하는 독니의 성질

수많은 생물을 구현해봤지만 너희만큼 이해하기 어려
운 것도 없다
그래서 우리가 함께 태어난 걸까

내가 애틋하게 생각한 먹이들에게—마지막으로 네가
태어난 곳을 보여주고 싶어 모든 생물은 캄캄하고 아늑한
곳에서 만들어지잖아 그걸 부수며 자라나 사랑하게 되잖
아 엉망이 되어가는 이곳을 지키기 위해 죽잖아

속삭인다

사후 세계를 믿으면 위험해지지만
사후 세계를 믿으라고

*

세상에는 천오백 종이 넘는 동물들이 오랜 시간 갇히
면 서로를 잡아먹게 된다는데 어째서 인간만이 타인을 잡
아먹는 대신 죽음을 받아들이는 걸까 다른 동물들은 하지
않는 악행을 마음껏 저지르면서도

창문 바깥으로 구급차가 지나간다
ambulance passing outside the window →

다시 돌아올 때 그들은 아무런 소리도 내지 않는다

*

이 동네에는 우리가 한낮에 무언가를 찾으러 갔을 때 비
어 있는 우리의 집을 보고 운세를 점치는 사람들이 산다

우리가 그들을 따라가느라 집을 비운 줄도 모르고

벽을 지나쳐 마침내 천장에 발을 디딜 때 그들 중 한 명
과 눈이 마주친 적 있다 천천히 벌어지는 입 부풀어 올랐
다 축소되는 심장 무언가를 집기 위해 바닥을 더듬는 손

그때 누군가가
바깥에서 눈이 오고 있어
외치고 모두가 창문을 바라본다 창문 너머에서 나의 형
제들이 모여 내리는 눈을 구경하고 있다 형제들은 인간과
함께 첫눈을 만져본다

그는 사는 동안 다시는 나를 기억해내지 못한다

*

동굴을 건너다가 어둠 속에서만 살아온 인간을 마주친
적이 있어 그들은 시력이 좋지 않아 명암으로 모든 걸 구
분한다고 해 나는 그들에게 집을 만들어 주었어 그랬더니

그들은 좀더 빠르고 정교한 그물을 만들어 먹잇감을 잡아
먹는 걸 보여주었지 우리의 습성은 여기서 더 정확해질
수가 없는걸요

　　인간은 인간의 육체가 아닌 다른 것을 갉아 먹어
　　눈알보다 깊숙이 있는 다른 공간을

　　애정과 포식
　　인간은 그 두 가지가 동일하다는 것을
　　가장 잘 이해하는 동물이다

　　그들도 동족포식을 해

*

　　음파는 암컷 거미가 수컷 거미를 잡아먹는 광경을 목격
하는 것으로 끝난다 그는 슬퍼하지 않는다 인간으로부터
사후 세계의 존재를 배웠으므로 언젠가 사랑하는 이에게
잡아먹혀 액체가 되어 연인의 몸속에 흐르게 되어도

기뻐할 것이다

물이 튀어 오른다

형제들은 함께 모여 잠에 든다

포옹 해체

　펼쳐놓고 떠난 책에는 이런 장면이 흐르고 있다. 영하 오 도의 날씨. 야외 속 실내. 각자 카드를 쥐고 언제쯤 모든 패를 내놓을 수 있을까 기다리는 여자 넷. 시간은 재지 않는다. 자신의 그림을 응시하는 여자. 어떤 순서로 나열해도 내보낼 수 없는 조합이다. 그림들을 모조리 잃고 집으로 돌아가 따뜻한 물을 마시고 싶어. 나의 방식대로 물 속에 오래 담겨 있고 싶다. 맞은편 여자 패를 낸다. 사과 웃는 얼굴 머리카락. 네 차례야. 여자의 머릿속 따뜻한 물을 들고 있는 자신은 그만 컵을 떨어뜨리고 만다. 그림이 모두에게 보이고. 책은 근처 공원에서 아이들이 뛰어다니는 소리를 듣는다. 한낮의 해가 길어져 지면에 닿는다. 여자들도 그 빛을 함께 쬔다. 우리의 세계 또한 해가 지는 곳을 등지고 걷는구나. 포옹 속 포옹처럼. 옷과 옷 사이에 끼어 있는 보풀처럼. 바람이 불면 여자들 또한 몇 페이지 이동해 집으로 돌아가는 한복판에서 영원히 집을 향해 걷는다. 집이 무너져도 가족들이 사라져도. 여자들은 집을 향해 걷는다. 돌아가고야 말겠다는 의지는 훼손되지 않는다. 더는 내보낼 수 없는 숫자나 그림처럼.

눈을 감으면 여자들의 눈도 함께 감기고.

나쁜 소식을 들으면 여전히 살아 있는 인물을 생각한
다. 여자들의 이야기는 점점 내 것이 된다.

4부
재생지

예정 밖 외출

침묵을 사이에 두고 영상이 흐릅니다

경상북도의 어느 가옥에서 온 가족이 휴일 아닌 날 모여 잠든 나의 인중에 손가락을 대어보고 있습니다 나는 곧 숨을 멈추고 더는 누군가의 누군가로서 의무를 이행할 필요가 없어지고 내가 얼마나 기뻐하고 있는지 가족들은 모릅니다 오로지 스스로 만들어낸 슬픔에 집중하고 있을 뿐 돌아가는 물레 위 흙에 손을 대면 모양이 어그러지고 부서지는 것처럼 영혼이 떠난 나를 보며 각자의 미래를 상상합니다 저 늙어버린 얼굴이 내 얼굴과 꼭 닮아 있어 어쩌면 저것이 나의 진실한 몸일지도 몰라 망상과 현실을 잠시 헷갈립니다 고모의 고모의 고모까지 혹은 아이의 아이의 아이까지 서로를 혼동하는 영혼이 깃든 몸 장의사가 천으로 내 얼굴을 감춰요

모두가 집으로 돌아갈 때 다시 생성되는 나

면허 없이 차를 몰았던 한낮 네가 한번 운전해볼래? 제안과 함께 사라진 삼촌 그는 호수에 뛰어들어 죽은 사람

이지만 영혼으로 가득한 이곳에서는 수영 선수로 건강히
살아 있습니다 생긴 지 얼마 되지 않은 인공 호수와 한 마
리의 개를 모두 다른 이름으로 부르는 유령들이 모인 곳
이별은 우리가 천국에 대해 아는 모든 것이라던데* 조수
석에는 엉뚱하게도 사랑하는 사람이 잠들어 있고 그 사람
어쩐지 눈을 뜨면 나를 몰라볼지도 모른다는 공포심이 듭
니다 당신이 영원히 깨지 않게 조용히 몰아야겠습니다 한
번도 밟아본 적 없는 가속페달과 눌러본 적 없는 경적이
달린 차를 운전해 원하는 곳으로 가세요 도로는 텅 비어
있으니까요 그러나 나는 도로의 끝과 끝을 찾아 앞으로
나아갈 뿐이고

이제는 어디로 향해야 하는지 알 것 같습니다

다시 침묵을 사이에 두고

* 에밀리 디킨슨, 「내 삶은 폐쇄되기 전에 두 번 닫혔다」(신형철, 『인생
의 역사』, 난다, 2022, p. 46 재인용).

공터의 탄생

몸을 맞대고 잠든 부모는 꿈속에서 서로를 미워하고 있
다 엉킨 나무뿌리처럼 이전의 모습을 상상할 수 없다

어둠 속에서 정물처럼 지켜본다 끝까지 응시하면 그들
을 어딘가로 보내버릴 수 있을지 모른다고 착각하며

테이블의 위치와 책장의 방향을 바꿔도 아침에 일어나
처음 맞이하는 햇빛의 총량을 조정해도 변치 않는 것은
변치 않는 대로 놓여 있다 타버린 프라이팬을 함부로 버
릴 수 없는 것처럼

드디어 집의 형태를 사라지게 해보는 거야 사는 내내
유지하느라 지쳐버렸으니까

끝내 성사되지 않을 효력 없는 각서를 몇 번이나 적어
내려가는 동안

천장과 바닥 구분할 수 없는 가벽
네가 앉아 있던 의자

입술 자국이 묻어난 머그컵이 분해되고

창문을 깨고 날아온 돌
아무도 다치지 않은 날

흘러간다
그 자체로 노래하듯 사라지는 음표처럼
부피 없이도 모형이 존재함을 아는 쉼표처럼

비스듬히 쌓여
무엇 하나라도 빼내면 모든 게 무너지는 탑 쌓기 게임
참가자들은 서로 같은 곳을 바라보면 죽어버릴 거라고
믿고 있다

부모는 눈을 마주치지 않는 동안에도 원하는 물건을 단
번에 찾아낼 수 있기를 바라고

몇 가지 물건을 훔쳐 숨겼다
우리가 지금껏 가꿔온 서로의 들판보다도 드넓은 일이

될 수 있어 함께 살아온 공터를 채워넣을 수 있어 설득하
려고

　이제 그곳에서는 아무것도 자라지 않는다

　자라날 곳을 고를 수 있다면 아직 아무도 훼손하지 않
은 땅 훼손을 기다리는 땅

　부모는 각자 탐구할 시간을 갖게 될 것이다
　마지막 숨을 뱉으며 서로의 얼굴을 떠올리지 않을 것
이다

　너는 기쁜 일이 끝나자 안정감을 느낀다

축

늙은 나무가 정원을 이탈해 돌아다니고 있다

그건 포획되지 않아 한 장의 종이로 다듬어지지 않은 나무 한 그루일 뿐이지만…… 뿌리와 가지로 도심을 흩뜨리는 장면은 초 단위로 기록된다

영상에서 흘러나오는 사람들은 가야 하는 곳이 정해져 있다는 듯 빠르게 걷고 방해물을 쫓아낸다 가지가 움직일 때마다 잎은 더 많이 흩날렸지만 그를 도와주는 사람은 없다

해가 서서히 져가는 풍경 속에서

나무는 어두운 표정이다 그는 천천히 앞으로 나아가 버스 정류장 의자에 주저앉는다 그의 곁에서 버스를 기다리던 남자는 나지막한 목소리를 듣는다

미지근한 물을 주세요

남자는 버스를 타고 떠난다
서로가 서로에게서 사라진다

나무의 몸통에는 흰 털을 가진 강아지를 찾는다는 전단
지가 붙어 있고

아이가 찾는 강아지는 아니지만 흰 개 한 마리가 시야
에서 휙 지나간다 빛나는 애정을 매달고

빛은 사랑하는 대상을 혼동시킨다

아이는 다른 개에게 키웠던 강아지의 이름을 붙이고 남
은 생을 책임지게 될지도 모른다

나무의 그림자는 점점 부풀어 오르고 어둠은 그의 일부
가 된다
그는 스스로가 가장 거대해지는 시간이 밤이라는 것을
안다

다시 있던 곳으로 돌아왔을 때

땅에 함께 심어져 있던 팬지와 민들레는 죽어 있고
정원사의 모자가 놓여 있다

그는 병든 잎사귀를 다듬어주던 손길을 기억한다

나무는 자신의 자리에 죽은 팬지와 민들레와 정원사의
모자를 묻고
그 속에 함께 들어선다

깊은 잠
이어진다

사워 캔디

우리 친해지자며 네가 건넨 삼월의 사탕
혀끝에서 녹아 사라지는 미소

단맛을 느끼며 네가 깊숙이 도래하는 미래를 상상한다

낯선 손가락과 약속하고 싶어
졸업하더라도 우리 잘 지내자고
서로를 미워하게 되더라도
스스로를 미워하지는 말자고

될 수 있는 것들을 나열하면 점점 그렇게 되어갈 수 있
다고 믿었지만

혼자 남으면 다시 재생되는 혼잣말

갑자기 나이를 먹어버린 것처럼 느껴지는 순간
서로를 동시에 떠올릴 정도로 절망스러운 날이면 여기
에 모여 무엇이든 시작하자

그러나 내 앞은 낭떠러지인데
어째서 네 앞에는 가지런한 이 차선 도로가 놓여 있는
걸까
네가 준 사탕에서 신맛이 나지 않는다는 이유만으로도
배신감을 느껴

서로의 어깨에 기대어
청소년 관람 불가 영화가 흘러나오는 교실에서 살인이
이뤄지는 장면을 숨죽여 지켜보던 우리

분명 서로를 향해 기울어져 있었는데
몸에서 잠시 빠져나와 우리의 뒷모습을 지켜본다

아이들이 운동장에서 준비 자세를 취하던 모습을 창가
에서 지켜볼 때면 나는 나를 잃어버린 것 같다 아무에게
나 내 몸을 본 적 있느냐고 묻는 동안 너는 가장 마지막으
로 결승선을 지나고 있다

출발선에 서서 구경하는 아이들 사이에 처음 보는 얼굴

이 끼어 있다

　그 사람 어쩐지 나인 것 같은데 혼자 남은 교실에서 거
울을 응시하며

　네가 건넨 사탕과 똑같은 것을 사서 입에 넣으면 잠시
모든 것을 잊게 된다 삼월에는 유독 학교에서 고양이들이
많이 보이고 삼색 털을 가진 고양이는 반드시 암컷이라는
데 그 사실은 누가 처음 발견한 걸까 공통분모를 찾으러
헤매는 사람을 상상하며

　너는 식판을 들고 먼 곳을 바라본다 잠시 사라진 것처럼

아이들이 불러도 돌아보지 않고

오직 먼 곳을

해변 피아노

어떤 모양으로 자라날까?

어젯밤 엄마가 읽어준 그림책의 제목이다

나무는 나무의 그림자보다 커질 수 없다 나무가 몸통과
기분이 이어져 있는 생물체였다면 성장이 멈춘 즉시 떠났
을 것이다 어떤 방법으로든

이런 내용이 적혀 있지는 않다

어린이들은 방향 없이 뛰어 해변에 가고 어머니와 할머
니도 물으로 향한다 집은 사람들이 빠져나갈 때 가장 아름
다워 보인다 배치가 달라진 걸까? 나는 그것을 꽤 간절히
바라왔다 언젠가 내 자리에 다른 아이가 업혀 있을 것이고
나도 저들과 똑같이 뛰어다닐 거야 할머니와 어머니가 얼
마나 다르게 생겼는지 살필 시간도 없이
　태어난 얼굴과 살아가는 얼굴 늙어버린 얼굴은 세 사람
처럼 다르다는 것을 모른 채

상에는 비스킷이 올라와 있다
누가 그것을 좋아했는지 정확히 기억하는 사람은 없지만

이 시절의 바다는 한 해 중 가장 부드럽다

아이들은 기분 좋게 소리를 지르고
예상보다 커다란 소리를 낼 수 있다
이제는 집으로 돌아가야 하지만

한자를 적어둔 백색 종이가 제사상 곁에서
소리 없이 흩날리고

이 글자를 읽을 수 있는 사람이 없다는 게 중요해
읽을 수 있는 사람들을 불러오는 의식이니까

거실에 바람이 들어설 때

가족들은 창문을 향해 동시에 미소 짓는다 누군가 들어
온 것을 안다는 듯 아이들과 어른들 사이에서 뺨과 머리를

쓰다듬는 영혼들

　아이들은 두 번 절해야 하는지 세 번 절해야 하는지
　언제 일어나야 하는지 죽은 척해야 하는지 어떤 것이 확
실한 예의인지 가늠한다

　현관문은 살짝 열려 있고
　오래된 집에 있던 오래된 피아노는 누가 옮겨두었는지
이제는 해변에 있다

　건반을 누르면
　소금기 묻은 음을 내는 피아노

　어머니가 기억하는 도와
　할머니가 기억하는 솔의 소리가 일치한다

　묵직한 피아노 몸통 위로 파도가 지나간다 어머니와 할
머니가 처음 발음했던 사물들이 놓여 있다 그것들은 제사
상에 올라갈 수 없다 하지만

그들의 손가락이 닿을 때
이따금 낮게 발음되는 짧은 단조와 장조는
영혼에게 쉽게 이해된다

지금 와 계실까? 우리가 아무것도 보지 않고 엎드려 있
을 때 그들은 찾아올 거야
　절하는 동안 무엇도 변치 않는 동안 누군가는 먹고 살피
고 덕담을 생각하고 조용히 웃는 동안

배고프다
배고프다
오래도록 절하지만

여전히 어머니와 할머니는 해변에 있다
그들을 따라나선 영혼 누구도 눈치채지 못한다

피아노가 아무런 소리를 내지 않는 동안에도
의식은 진행되고

아무 때나 잠들 수 있는 건
우리의 능력

영혼은 곧
차곡차곡 쌓여 치워진다

유실물들

물 밖에서 박수를 칠 때와 물속에서 박수를 칠 때. 같은 파열음이 일지만 분명 다르게 들려.

너는 옥상에서 나는 교실의 창가에서. 한여름에 두꺼운 옷을 겹겹이 껴입고 달리는 운동부 아이들이 터져가는 과정을 지켜본다. 담장을 넘다가 선생에게 걸려 머리채를 잡히는 여학생을 지켜본다.

지켜보면 지켜줄 수 있을 것처럼.

그거 알아? 바닷속에서 눈 내리는 풍경. 눈에는 공기 입자가 있어서 물에 닿으면 탄산 터지는 소리가 나. 눈이 내리는 건 한없이 고요하지만 물속에서는 소란한 사건이야.

이건 첫사랑이 해준 말이다.
모든 이야기가 그렇듯 태초의 출처를 알 수 없다.

학교가 흐릿해진다. 시간이 흘러 투명해져도 완전히 사라지지는 않는다는 것을 아는 사람은 너와 나. 목격자가 된다.

(폐교)
괄호에 갇힌 두 사람.

너는 태어나 한 번도 냉각되지 않은 생명체. 제때 졸업하지 못해 청소 도구함에 걸려 있다. 너는 교실의 정지된 시계와 달력을 지켜보는 데에 하루를 쓴다. 장마철에는 빗소리를 듣고. 오후 다섯 시 반의 빛처럼 가라앉아. 작년의 나뭇잎처럼 구른 뒤. 학생들이 뛰어갈 때 내는 발소리가 얼마나 강력한지 생각해. 다시 만날 수 있을까? 길을 잃어본 적 있는 미아는 같은 자리에 서 있다.

너는 나와 같은 속도로 걷기 위해 걸음에 숫자를 붙인다.

서로가 설명하는 물의 부피가 어긋나고. 눈 내리는 소리를 너는 우는 것 같다고 하고 나는 웃는 것 같다고 하고.

나는 태어나 한 번도 녹은 적 없는 눈송이. 어디로 떨어

136

져야 네가 나를 발견할 수 있을까. 잃어버린 것들은 심장 속에서 나열된다. 사람들은 평생 저울추에 기억을 걸어 무게를 재어본 뒤 정돈하기를 반복한다. 짧고 간결한 분류법을 찾으려 애쓰면서. 이름이 아닌 다른 것으로 자신을 정의 내리는 데에 실패하면서.

같은 자리에 오래 앉아 있으면 쌓이는 눈.
생각하는 사람은 이런 방식으로 만들어졌을 것이다.

눈이 끝없이 내리면 벤치와 언덕을 구분할 수 없고. 학교와 학교를 구분할 수 없다. 나는 그게 좋아서 폭설을 기다리고 있다. 잊어버리자고 결심한 것들은 잘 잊히지 않았다.

아마추어의 선율에 의함*

음악 하나 들려줄게
어떤 이야기처럼 들리는지 말해봐

음량 버튼을 연달아 누르는 손가락을 바라보느라
 구성하던 이야기를 그대로 놓쳐버린다 풍선을 허공에
날려 보낸 뒤 더 커다란 만족감을 얻은 아이처럼

음이 하나로 뭉개질 때 더 마음에 드는 건 어째서일까

발견하지 못하고 지나쳐 가는 순간을 기다리는
상기된 얼굴을 몰래 지켜보고 있어
그러니까 세 사람의 시선이 겹친 셈이지

허공을 보는 연인의 얼굴을 바라보는
여자를 응시하는
담배 피우는 남자 하나

 그 사람을 지켜보는 또 다른 사람이 있을지도 몰라 현
대인은 너무 많은 것을 찾아내니까

연속되는 음 사이에서 숨은그림찾기를 하는 너

너는 어디에 있어?

　나는 여기 있잖아 네가 오 년 동안 살아온 한 뼘의 자취
방 우리의 주량에 비하면 분에 넘치도록 많은 와인을 급
하게 마신 뒤 다시 잠에 빠져드는 침대가 있는 평소보다
높은 체온으로 춥다고 중얼거리며 파고들 수 있는 서로의
몸이 있는 이곳

　슈만은 청혼하기 위해 이 곡을 썼고
　약혼녀의 양아버지가 적은 단순한 선율로 이렇게나 드
넓은 지평을 열어냈지만 결국 사랑에는 실패했지
　그래서 더 좋은 것 같아

　그 이야기를 모른 채 이 곡을 듣는다면 가장 먼저 떠오
르는 건
　부서진 파편 조각보다는 단조로운 안정감이지 그도 이
곡이 꺼내 올 미래는 몰랐을 테니까

그녀가 흘리고 간 손수건을 줍지 않았더라면……
그런 후회가 스며들기 전에 씌어졌으니까

사랑하는 사람과 함께
평원을 가로지르는 발자국을 계산하지 않고 내내 걸을
수 있을 줄 알았겠지 두 사람이 그곳에 있었기 때문에

아침에 일어나
깊은 잠 속으로 빠져든 너를 들여다본다
함께 나눠 먹을 떡국을 만들기 위해 미지근한 물에 떡
을 불려둔다

쉽게 찾아온 새해에
네가 일어나기를 기다리며
어제 들었던 음악을 다시 재생한다

청취자가 혼자라는 것을 알아챈 음악은
연주자의 낮은 신음을 들을 수 있게 허락한다

＊ 1837년에 출판된 슈만의 「교향적 연습곡 Op. 13」 초판 악보에 적혀
있는 기록.

하농이거나 체르니

천천히 밝아오다가 추락하는 음
그런 것이 한 장의 악보에서 어떻게 가능할까

도서관에서 무심코 펼쳐든 책에서 나온 엽서처럼 시작
되는 이야기가 여기 있다—네가 해주는 말이 나에게 커
다란 위로가 되고는 해 너는 그렇게 생각하지 않는 것 같
지만 네가 졸업 전까지 이사를 가지 않았다면 더 좋았을
텐데…… 나는 그들 사이에 표기된 악상기호 중 화음을
차례대로 풀어서 연주하라는 의미를 가지고 싶었지만

그들의 우정은 이미 지나간 다음이다 어쩌면 수신자는
편지 없이도 자신에게 누군가를 위로하는 능력이 있음을
믿을지도 모른다 나는 잠시 짧은 문장들로 이뤄진 무덤가
를 걷는다

두 사람 사이에서 나는 어떤 친구가 될 수 있었을까? 한
번도 만난 적 없는 둘을 상상한다—"복도에는 언제나 종
치기 전까지 창가에 서서 바깥을 바라보던 친구가 있었고
그 친구의 얼굴은 이제 전혀 기억나지 않아" 우리는 급식

으로 나온 아이스크림을 나란히 먹으며 비어 있는 창가를 바라본다 그 애가 오른쪽으로 비스듬히 기운 무릎을 가졌다는 것 자신만의 리듬으로 차가운 철망을 두드린다는 것 두드리다 보면 소나기가 쏟아지고 축구를 하던 아이들은 이리저리 흩어져 흙은 천천히 젖어갔지 그 광경을 지켜보던 그 애는 어디론가 사라졌어 다음 수업은 체육이야 선생님은 어울리지 않는 체육 교과서를 들고 와 시험 범위를 알려주셨지 나는 그 순간을 잠시 신이 우리에게로 내려앉은 날이라고 기억해 “모든 장소에 쉬는 시간을 알리는 종이 있으면 좋겠어 그 소리에 맞춰 사람들이 잠시라도 자신만의 방식으로 달아날 수 있게” 그건 내일 전학 가기로 예정된 네가 한 말이다 “하지만 종이 울리면 하던 일을 멈춰야만 하잖아” 그건 두 사람 사이에 나란히 서 있던 내가 거세진 빗줄기를 바라보며 중얼거린 말이다 스피커로 태풍이 상륙 중이라는 안내가 들려오고 있었다

　쉬는 시간이 끝났음을 알리는 종소리가 들리고 난 뒤에 어떤 사람의 얼굴은 젖어 있을 것이다

손수건을 건네는 사람도 있을 것이다

가상의 우정을 상상하던 내게도 쉬는 시간이 끝났음을
알리는 종소리가 들리고

음은 예상치 못한 곳에서 치고 올라가기도 했는데 단
하나의 음으로는 가능하지 않다 사람들을 놀라게 만들기
위해서는 서서히 올라가는 것이 중요하다 창밖에서는 예
정에 없던 비가 내리고 나는 이미 입학한 적 있는 모든 학
교를 졸업한 사람인데 어쩐지 갑자기 그만둔 것처럼 좋지
않았다 빈 교실로 돌아가 놓고 온 가방을 챙겨야만 할 것
같았다

가까운 곳에서 누가 피아노 연습하는 소리가 들려온다
규칙적인 음으로 이뤄져 하농 같기도 체르니 같기도 한데
같은 구간에서 자꾸만 틀려서 몇 번이고 처음으로 돌아가
야만 했다

누군가 내게 괜찮으냐고 물으며 손수건을 건네온다

신비의 문

어머니는 항상 안에서 바깥으로 들어오는 방법을 선호했다 탄생도 연애도 기록도 모두 그런 식으로 했다 아버지는 어머니의 출입문을 만들기 위해 연구했지만 문은 어머니가 가져왔다

사랑니와 닮은 침입법으로 형식과 구조를 원망하기

잇몸이 찢겨 새 이가 나는 고통은 누구의 것일까 출입문은 곧 만들어졌다 그걸 열고 내가 들어왔다 이것이 출산의 과정이다

마음은 입체라 어떤 것과도 견줄 수 없어

하트 모양 영토에는 각자의 경계선이 그려져 있다 부피를 젤 수 없는 기형적인 모형들 그중 수면 위에 스포이트로 잉크를 떨어뜨린 모양의 땅이 네가 서 있는 곳이야 첫번째 연애를 시작하고 얼마 지나지 않아 사랑니가 나기 시작했다

어머니는 치과에 다녀오겠다는 메모를 보고 태몽을 기억해낸다 그동안 방문은 열린 적 없다 어머니는 방에서 모르는 아이를 데려와 그 애를 동생이라고 부르게 했다

우리는 서로의 이름을 자신의 것처럼 불렀다

언젠가 마음도 입체에서 평면으로 변한다는 사실을 알게 되었을 때 고통이 타인의 것과 견주기 위해 자주 존재한다고 고백했을 때 연애는 끝났다 어머니는 나보다 작은 손으로 아버지의 묘를 구경하러 가자고 손짓한다

너희 아버지의 묘는 네 사랑니와 닮았구나

어머니와 나의 키가 같아졌다 내가 자라난 게 아니라 어머니가 쪼그라든 것이었다 축소가 무서워졌다 사랑니와는 비교할 수 없는 요약이었다

뽑혀 나간 묘지는 문을 통해 사라졌다
그동안 어머니는 문을 통해 수없이 죽고 되살아났다

사람을 만들 수 있는 자의 능력이었다

천장 생각

천장에 아주 슬픈 것이 있다는 듯 울고 있었다. 이런 밤에는 떠오르는 얼굴이 있어도 좋을 텐데. 얼굴의 곡선을 연약하게 가진 가상의 그에게 코와 입을 붙여주었다. 손을 빌려주었다. 그는 나의 손을 가지고 지나가던 사람에게 주먹을 휘둘렀다. 피아노 치는 법은 배워본 적 있어도 권투는 배워본 적 없고 찬물 속에 잠겨 있는 달걀이 상하지 않게 껍데기를 조심스럽게 깔 줄은 알아도 남을 향해 식칼은 던져본 적 없는 손이었다. 그런 일을 하고 싶었더라면 상상 속의 왼손을 빌렸어야 했다. 베개에 얼굴을 묻어야만 비명을 지를 줄 알고 무언가를 내던지고 싶으면 치약 뚜껑을 던지는 내게 손을 빌려 간 그는 몹시 답답했을 것이다. 고작 이 정도만 할 줄 아는 사람이 자신을 만들어냈다는 것이. 이제 그만 울어. 나는 그사이 얼굴이 꽤나 선명해진 그를 보며 울음을 멈추지 않았고. 그게 우스워서 조금 웃기도 했다. 열 살의 모습을 가지고 있던 그는 마음이 여려져 나쁜 방향으로 어깨가 휘어버린 어른이 되어 간다. 눈물이 멎는다. 모래 위에 공을 떨어뜨린 것처럼 이리저리 튀어 오르는 그의 이목구비. 나와 다른 방식으로 재조립되어 내 얼굴을 닦아준다. 잠시 그를 사랑했던 것

같기도 하지만. 그는 내게서 빌려 간 코와 입과 손을 돌려
줄 뿐이었다.

정면 반사

느리게 작동하는 카메라를 샀다

원하는 순간에 셔터를 눌러도
그보다 몇 초 흐른 뒤를 담아주는 사물

자동차가 지나가는 모습에 대고 셔터를 누르면
자동차가 남긴 빛만을 보여주는

렌즈는 쉽게 눈을 감지 않는다
내가 봐야 하는 것들을 대신 보느라

가끔 생활하다가

찰랑거리는 락스 물을 욕실 바닥에 뿌려 솔로 마구 문
댈 때
나보다 더 깨끗해지는 과정을 지켜보며 느끼는 쾌감

극장에서 손바닥으로 눈을 가려 보고 싶지 않은 장면을
실종시킨다

소음은 심장 부근에서 들려도
인물들은 내게 몸을 돌려 멀어지고 있다고 믿을 때

길가에서 어깨를 치고 나보다 먼저 사라진 사람의
들어본 적 없는 목소리

짧은 배신감들

욕실에 혼자 남은 내가 젖은 수건으로 몸을 닦아낸다
곰팡이가 생기는 과정을 지켜보고 싶어서
차가운 바닥에 뺨을 대고 아직 깨끗한 틈을 오래 들여
다본다

몸에서 잠시 빠져나온 내가 천장에 달라붙는다
셔터 눌리는 소리가 들리면 정지된 피사체가 된다

나만 아는 순간을 모아서 정성껏 스크랩한 뒤에
어딘가에 꽂아두고 영영 펼쳐보고 싶지 않다

의자에 불량한 자세로 앉아서
리듬을 만들고 싶다

나를 보지 말고 저쪽이나 봐
저기서 무슨 일이 벌어지고 있잖아
나쁘게 말하고 고개를 돌리고 싶다

느리게 작동하는 카메라 렌즈 안에서
다들 어딘가로 향하고 있다

아주 천천히 움직이는 롤러코스터를 탄 것처럼
빠르게 달릴 수 있지만 속도를 늦추는 상태로

그 한 장 속에서 우리는 우리보다 앞서는
숲을 보다가
하늘을 보다가
첩첩산중을 보다가
서로의 눈동자에 담긴
얼굴을 처음 발견한다

경적 소리가 울리고
이럴 거면 차 끌고 나오지 말라는 고함이
몸을 찌른다

올라갈 때에는 결심과 함께
이인삼각으로 오르지만

내려갈 때는 언제부터 내려가기 시작했는지도 모르게
아래로 아래로

어두운 방 안을 들여다보는 거인들이
나를 지켜본다

고개를 들어 올려다보면
거인은 내 눈동자 속에 비친 제 모습을
처음 발견한다

눈빛을 통해 상이 맺힌다

휴일

그림자들이 무언가를 나눠 먹고 있다

다시 태어나는 일은 없다고 이제 완전한 어둠을 만나게
될 거라고 누군가가 그렇게 말했었는데
　이곳 사람들은 그 말을 전해줘도 믿지 않는다

씨앗을 씹는 소리와 비슷한 단어들을 골라볼래?

　입속에서 골라져 나온 과일 씨앗들은 알고 있다
　끝이라는 말을 발음하면 정말 모든 게 끝나버린다는
것을

태어난 곳에서 영영 머물러야 한다면
풀숲과 물속
머리와 발끝
웅덩이와 메아리
어디에서 살아갈지 고심하는 아이들

파도 속에서 손바닥을 내려다보면 손금이 움직인다 정

해진 일들이 사라지고 있다 먹구름이 낮빛을 가릴 때처럼

내가 늙었을 때 뱃사람이었는데 폭풍이 칠 때 물에 빠
져 죽었어
파도가 엄청났거든
아주 어둡고
번개가 쳤어 난 수영을 못했어*

어디서 흘러 왔는지 알 수 없는 물이 다 같이 손을 잡고
있자고 말하고
아직 온도가 무엇인지 모르는 아이들이 두리번거린다

그림자들은 재앙 아래에서 헤엄치고 있다
그물을 든 누군가가 그림자들을 채집하려 하고 있다
달아나는 것은 우리들의 자세가 아니다

떨어져 나간 그림자가 물속에서 나를 올려다본다

달아나는 것은 우리들의 자세가 아니다

떨어져 나간 그림자가 물속에서 나를 올려다본다

* 영화 「로마」(알폰소 쿠아론 감독, 2018).

소묘하는 마음

많은 선을 그으면
하나의 면이 될 수 있다

이제 내 손에는
처음 보는 과일이 들려 있다
친구가 건네준 것
처음 쥘 때는 돌처럼 딱딱했는데

물기가 생기고
던지면 곡선이 되고
주먹을 쥐었다 펼치면
직선으로 떨어져
이 안에 들은 것이
씨앗이었음을 알게 되고

특별한 정성 같은 게 없어도
자라나는 것들은 계속 자라나니까

바로 먹고 싶지만 먹지 못하는 것을

오랫동안 묻어두다가
그걸 차가운 물에 타 먹던데
가끔 취하던데

무르고 부서져
떠다니는 과일 형체가
빗나간 선을 닮았다

투시도에 적힌 시간만큼 기다리면
너는 어느새 조금 더 멀리 이동해 있다

악수를 하는 악력으로 과일을 쥐었을 뿐인데도
뼈는 쉽게 부러지고

감기에 걸렸는데
약을 구하지 못한 아침

오늘은 부러진 연필심을 모아
잘 세워둘 것이다

고개를 돌리면 그것들이 사라질 수 있게
잠시간의 틈도 줄 것이다

머릿속에는
그릴 수 있는 사물들
남아 있지도
남겨두지도 않고

다시 손안으로 굴러 들어오는 과일

이것은 여기에서만 자란다

5부
진동을 느끼는 사람

육교

　오늘 같은 날에는 어떤 말도 할 수 없고 그럴 필요도 없다고 생각하지. 미세먼지가 가득해도 날이 좋아 보여. 오늘은 오늘과 어울린다. 파쇄와 훼손은 다른 행위. 너를 만나러 육교를 건너가던 중에. 끝나지 않을 것처럼 오르막으로 연결되던 계단이 예고 없이 끝나면 잠시 멈추지. 새는 육교 아래를 바라보다 몸을 던진다. 어김없는 착지. 멀리서 들려오던 울음소리는 증발해 있고. 같은 방향으로 서로를 향해 걸어오기만 한다면 육교의 거리는 소용없어지는 것처럼. 그렇게 사랑을 하겠다고 마음먹은 적 있지. 결국 스스로와 포옹할 때. 혼자가 될 때. 내게 남은 생을 누군가 배속으로 넘겨주었으면 좋겠다고 생각한 적 있지. 거침없이 무심하게. 몇 장면쯤은 보지 않아도 좋다며 커서를 찍어주었으면 하고 바란 적 있지. 현관문을 잠그지 않고 외출한 사이에도 누군가 침입한 흔적은 없고. 신발을 신고 집 안에 들어가도 아무 일도 일어나지 않아서. 사물들이 잠시 정지되어 있다. 어떤 버퍼링 없이 떨림 없이. 먼 곳에서 육교 무너지는 소리가 난다. 내 몸은 곧 증발한다.

조각하는 손

어둠 속에서도 생물은 살아간다 흙의 조도가 어둠보다
낮다는 사실은 어둠을 만져본 사람만이 알 수 있다

너는 새로운 생물을 태어나게 하려고 내게서 흙을 조금
떼어낸다
비를 맞아 물렁해진 나는 네 품 안에서 녹아내려 몸을
나눠준다

처음으로 도자기를 만져본 날
갓 구워져 온기가 서서히 날아가는 표면을 사람의 피부
같다고 느끼면서

백자보다 산산조각난 조각이 더 좋았다 이것과 저것이
부딪히고 깨져 어떤 도자에서 나왔는지 구분할 수 없을
정도로 섞여도 하나의 사물에서 나온 것처럼 보이는 게
좋았다

매일의 흙이 쌓이고 쌓여 만들어낸 퇴적층처럼
퇴적층의 맥박을 짚으러 다가오는 손처럼

칼을 쥐고 어둠을 찌를 때 기쁨을 느끼는 손
먹구름이 지나갈 때 양초에 불을 붙이지 못하는 손처럼

소나기를 맞지 않으려 이리저리 뛰어가는 사람들은 비
의 형태를 띠고 있어서 너는 자리에 멈춰 서서 움직임을
지켜본 적 있다

모든 일이 지나간 뒤
버스의 차창에 기쁨이 튀어 있다

와이퍼로 지워내려 해도 단단히 붙어 사라지지 않는다

네가 기쁨이 어떤 얼룩을 남기며 증발하는지 알지 못한
채로 빠른 걸음으로 떠나는 동안

나는 빗방울이 되어 창문에 묻은 빗방울이 다시 여러
개의 물방울로 쪼개어지고 합쳐지는 모습을 지켜본다

봄

응접실에서 남자가 여자를 기다린다. 이때 아버지가 딸을 기다린다고 말하거나 노인이 소녀를 기다린다고 말할 때마다 이미지는 변한다.

침구를 정리하며 어제와 다른 집 안을 응시하는 여자. 남자는 더는 이곳에서 살지 않는다. 그동안 여자에게 익숙해진 자세가 하나 있다. 무릎을 접은 채 빈자리를 바라보는 것. 오른쪽에는 주전자 왼쪽에는 당신만이 사용하는 찻잔이 있고. 한 치의 오차 없이 어제와 동일히 설정해야 한다. 오른쪽에는 태양 왼쪽에는 그늘. 오른쪽에는 옆얼굴 왼쪽에는 오랫동안 씻지 않은 슬픔. 오른쪽에는 눈사람 왼쪽에는 햇빛에 마른 잎. 기차가 지나간 뒤 비로소 열리는 경로. 숲과 숲 사이에 서 있는 새털구름. 다시 돌아오지 않는 바람. 죽은 사람의 행방.

여자는 죽은 남자를 생각하고, 끝없이 생각한다. 여자는 남자가 죽은 뒤에야 존재하지 않는 공간이 다시금 몸을 붙여오는 것을 느꼈다. 바깥에서 들어온 바람이 머리칼을 흩뜨리고. 술래잡기를 하듯 도망가는 머릿속의 남

자. 여자의 집에는 계속해서 죽은 남자가 찾아온다. 여자는 이제 여자의 집을 떠나야 하는데. 거울 속에는 낯선 얼굴. 조금 더 활짝 웃어보라고 해도 희미한 미소만 띠는 여자는 원래 그런 사람. 전등과 전등이 저녁을 밝히는 무수한 레이어를 모른다. 걱정은 언제나 단 한 사람의 것. 걱정이 열어주는 무한하고 영원한 비밀. 그렇게 갈 곳을 잃은 남자의 영혼이 집을 찾는다.

그동안 여자는 혼자 식사한다. 늦은 저녁에 사라진 아이들의 행방을 본 적 있느냐고 묻는 이웃이 문을 두드리기 전까지. 여자가 식사 도중 갑자기 먼 곳을 바라보는 동안 늦여름은 끝이 나고. 여자는 가을로 넘어가지 못하고 다시 과거의 봄으로 몸을 틀어낸다.

서서히 잠겨오는 어둠 속에서 빈 그릇 조용히 금 간다.

정전

　열차에서 내렸을 때 눈에 들어오는 이곳에는 빛이 없어서 좋지 그렇게 말하자 갑자기 들어선 한밤의 빛은 눈부셔서 눈을 맞추기 어렵다 성장에는 반드시 빛이 있어야 하지만…… 불 꺼진 야외에서 쉽게 증발하는 러닝하는 사람들의 호흡 그 리듬을 목격하면 마구 달리고 싶어진다 도무지 스스로를 편안히 내버려둘 수가 없다 빠른 걸음으로 걷는다 그런 장면은 꼭 혼자 귀가할 때 다시 돌려 보게 된다 가상의 캠코더에서 반복 재생 버튼을 누르고 생활하게 된다 하루 동안 나는 자꾸만 여러 변주를 겪다가 드디어 혼자가 되었다

　멀리서 봤을 때에는 곧 날아갈 자세를 취하는 참새인 줄 알았는데 가까이 다가갔을 때에는 땅에 귀를 대고 엎드린 호리병인 것
　시각의 오차를 경험한 적 있어? 네게 물었을 때 너는 고개를 끄덕인다 그때 나도 함께 있었잖아

　호리병을 주워 오래도록 닦으면 소원을 들어주는 정령이 나왔을지도 모른다 그렇다면 나는 해만 남겨두고 모든

빛을 잠시 꺼달라고 할 것이다 심지어 네 얼굴에 서린 빛까지도 우리의 헤어짐과 재회를 잠시도 넘기지 않고 끝까지 지켜본다면 몇 시간의 러닝타임이 나올까 마지막 장면에서야 드러나는 혼자의 얼굴을 기대하며 지켜본다 내가 알고 있는 모든 순간이 지나간 뒤에야 서서히 찾아오는 암전

다음 날과 그다음 날에도 빛은 찾아들지 않는다 내가 바라던 상태야 어둠 속에서 서로의 기운을 느낄 수 있도록 사람들이 정적 속에서 네가 꺼낼 다음 말을 기다릴 수 있도록 간절히 바라던 소원이 이뤄진 다음에는 무엇이 우리를 찾아올까? 아무것도 없음이 충만함일 수는 없는데

아침에 일어나 내딛는 걸음 수가 기록될 때부터 우리는 우리 사이에 벌어져 있는 거리를 염두에 둔다 마치 서로를 만나야만 의미있는 하루가 시작된다고 믿는 것처럼 빛 없는 한밤이 서로에게는 유일한 아침이라는 듯이

날개 아래 어두운 면

나는 네가 떨어지는 것을 공중에서 부유하는 것을 본
적 있고 그것을 모두 없던 일로 되돌리는 모습도 봤다 너
는 선한 일을 대신 해주거나 낯선 사람의 말에 귀를 기울
여주는 사람이 아니다 네게는 무한한 친절이 없다

너는 천사가 아니다

네가 달릴 때면 이리저리 흐트러지는 깃털들
무거운 책가방을 멘 것처럼 보인다

너의 날개는 네가 허락하는 사람만 볼 수 있고 만질 수
있다 모든 인간의 몸이 그러하듯이 도서관에서 백과사전
을 펼쳤을 때 날개의 구조 뼈와 뼈마디에 대한 정확한 나
열들 네게는 거기에 적혀 있지 않은 어려움이 있지 우리가
서로를 끌어안을 때면 네 등에 달린 날개를 그 아래 어두
운 면을 자세히 볼 수 있다 거울을 통해서만 확인할 수 있
는 네 신체 부위를 직접 만질 수 있다 꼬리 빗을 가져와 빗
질을 해주기도 한다 인간에게 제 손이 닿지 않는 등이라는
면이 있는 것처럼 잠시 서로 기대어 들여다볼 수 있게 허

락한다 그러는 동안 다른 모양이 되기도 한다 끌어안는 것
은 처음 만난 사이에는 할 수 없는 일 함께 전철을 타고 귀
가하는 사람에게는 도무지 해줄 수 없는 일 우리는 우리를
알아봤으므로 어디에서든 서로를 끌어안는다 해가 떠올
라 피부에 닿아오는 중에도 포옹은 멈추지 않는다

너는 가끔 날개를 벗어 차가운 물에 씻어두고 볕이 좋
은 곳에 내다 두고 싶다고 말한다 내가 종종 눈알을 꺼내
물컵 안에 담아두는 상상을 하듯이 네 날개 아래에서 가
끔 작은 동물들이 늘어져 잠에 빠져 있는 것을 발견하기
도 한다 주인을 잃은 개 작은 들쥐 산에 올랐을 때 붙어 온
방아깨비들

누군가에게 너는 흉측하고
누군가에게 너는 잠시 동안 천사가 되기도 한다

사샤
── 해인과 사샤에게

사샤는 어릴 적 천사가 등장하는 흑백영화*를 보았다.

수백 개의 장면이 지나가는 동안 사샤는 나이를 먹고 사랑을 하고 머릿속에서는 가끔 눈사태가 쏟아졌다. 햇빛이 들면 쉽게 녹았고 잡초들이 자라났다. 지면 위에서 녹지 않는 부분은 오래도록 녹지 않았지만 그 위를 걸을 때마다 마치 어제 내린 새 눈처럼 발자국이 남았다. 현상에 대한 예보는 없었다. 사샤는 소중한 것에 불 지르는 사람이 나오는 뉴스를 듣는다. 함께 살아가기 위해 그가 어째서 불 질러야만 했는지 이해한다. 이해할 수 없다. 이해한다. 누군가와 마주치는 연습을 하고 싶다. 눈을 마주치면 눈싸움이 되거나 눈사람이 만들어져 내게 손을 흔드는 풍경이 시야에 걸린다. 제어할 수 없는 일들이 이리저리 일어나는 동안에도 나무 세 그루가 서로 뒤엉켜 한 그루처럼 자라나는 것을 발견한 클라라를 떠올리는 사샤. 사샤는 클라라의 눈으로 세상을 바라본다. 밑줄이 받쳐 들고 있는 문장들. 거대한 바위를 떠받치고 있는 인간에게서 바위를 빼앗는다면 그는 무엇이 될까? 고정된 장면을 두고 앞서 나가다 보니 어느새 소설 속 풍경에 들어서 있다. 클라라는 사샤를 인간이 아닌 안개로 인식한다. 클라라는 사샤가 어디서부터 만들어졌는지 알고 싶다. 소설의 문장은 이미지가 아닌 글자 자체로 사샤의 곁을 스쳐 지나가기도 했다. 다가오기를 기다렸다는 듯 떨어지는 계절처럼. 낯선 사람들이 각자의 눈빛으로 문장이 단단해지도록 읽어내리는 목소리를 듣는다. 손을 가지런히 모아 온기를 느낀다.

사샤는 소설 속에서 쫓겨나듯이 돌아온다.

사람들이 알파벳을 닮은 모습으로 나타난다. 독립된 개체로서의 나무 세 그루가 엉키더니 다시 원래의 상태로 되돌아간다. 전철을 타고 돌아가는 동안 사샤는 소설 속 클라라와 동일한 얼굴을 가진 사람을 발견한다. 이른 햇빛이 그의 얼굴에 얹혀 있다. 사샤는 그를 바라보며 다른 지역과 다른 날씨. 사계절이 아닌 보다 단순한 계절의 흐름 속에서 생활하는 그의 모습을 상상하지만

그건 다른 세계에 놓여 있는 얼굴.

사샤가 처음 보는 것.

＊ 영화「베를린 천사의 시」(빔 벤더스 감독, 1987).

실종된 숲

숲 안쪽으로 들어설 때에는 초저녁이었는데 입구로 되돌아오자 아침이었다 어디에 가지 않아도 괜찮은 날이었다 숲을 이야기하기 위해서는 처음 보는 동물을 데려와야 하고 곤충이 필요하고 지금은 죽어버린 버드나무 아래에 서 있던 너도 있어야 한다 바람과 체온이 서로를 끌어안는다 잎들이 나부끼며 들려주는 소리를 너는 음악이라고 했지 나는 버드나무가 가장 좋아 고개를 아래로 조용히 떨구고 있어서 하교하던 네 손등을 지켜보던 날 그저 저녁이 찾아온 건데 해의 안색이 나빠져 어두워진 것은 아닐까 해가 감기에 걸려 몇 주간 어둠 속에 잠겨 있다면 나무는 괜찮을까 허공에서 두 개의 검지가 원형을 만들며 의미없이 돌아가는 장면을 지켜보던 여름 나무 아래로 떨어진 송충이가 네 어깨 위에 놓여 다른 어깨를 향해 천천히 기어가고 있고 그때만큼은 그것을 아무렇지 않게 잡아 떼어줄 수 있었다 낯선 사람의 발자국 소리가 들리면 모든 게 흩어지는 게 총체적인 숲이라고

나무의 곁을 무심히 지나쳐 굴을 찾아가는 동물들이나 줄기에 대고 소변을 보던 여자 갑자기 쏟아지던 비

사이

이곳에서는 사이라는 단어를 뱉으면 침묵해야 한다는
규칙이 있다 네게 곧 시작될 이야기를 가늠하지 않은 채
시작되는 미래의 이야기 그 위에 올라타지 않고 서로의 눈
을 똑바로 바라봐야 한다 네가 시작된 사이 그동안 사이가
끝나면 네게 말해줄 것들을 몰래 생각한다 사람들은 어쩌
다가 식물의 나이를 세는 법을 알게 되었을까 덕분에 나무
의 밑동을 잘라내지 않고 가지 하나의 단면으로도 수령을
가늠할 수 있다 다른 데에서 쓰이던 수식을 끌어와 나무의
생명력을 가늠한다는 게 마음에 들어 그럴 때 인간은 인간
이외의 것을 진심으로 아낄 줄 아는 짐승이 된다

바람 부는 소리를 들으며
이제 너는 내가 알고 있는 모든 것을 말해야 한다고 했다

사이가 길어지고 있다 사라진 버드나무의 잎이 네 얼굴
과 내 얼굴 사이로 드리우고

가로지르고

누군가 우리의 얼굴 위로 발자국을 남기며 지나간다

버드나무 한 그루로 이뤄진 숲에서

너는 어디로 가버린 걸까? 잘려 나가 결국 죽어버린 버
드나무의 잎을 하나 주워 입에 넣고 천천히 씹는 동안 완
전히 시든 버드나무 곁에 몰려 있는 사람들을 생각한다
보통 이 정도의 절지로는 죽지 않는다고 누군가에게 노해
서 죽기로 결심해버린 것이라고 이야기하던 사람들도 이
제는 모두 각자의 집을 향해 흩어지고 죽어버린 숲을 여
러 번 드나들어도 동일한 저녁과 아침이 반복될 뿐 한 사
람이 가져간 공간은 돌아오지 않는다

약속 시간

네가 손을 흔든다
눈앞이 맑아지도록

판서가 다 지워진 칠판을 응시하며 한쪽으로 고여 있는
얼굴을 아직도 기억해

햇빛을 가리고 있는 무수한 건물의 나열 중

우리가 잠시 속한 학교가 있을 것이고 사물함이 있을
것이고 열쇠를 잃어버려 아무도 들어가지 못하는 창고가
있을 것이고

이 도시를 위에서 내려다보면 어떤 풍경일까?
사람은 한 명도 보이지 않아
이 모든 것을 완성하고 사라진 방과 후 모형 시간 같겠지

수업 종은 영영 들려오지 않고
하염없이 다음과 다음 그다음 손으로 넘어가기를 기다
리는 시험지 같아

잠시 다른 곳을 보는 사이 양초가 모두 녹았다 아무도
예측하지 못한 방향으로 굳어 있다 형체가 무너지면 불은
또 다른 불을 내지 않고 혼자 꺼진다

단정했던 기둥이 고집스럽고 지칭할 수 없는 형태가 되
어가는 동안에도
동일하게 향기롭다

너는 내 심장 가장자리를 손가락으로 눌러본다 부드럽
고 향긋하다 녹아본 적 있는 고체는 상처 나기 쉽다

서로의 의자를 끌어와 낯선 자리에 모여
약속을 남겨두고 사라졌지

너는 그곳에 서서 계속 손을 흔든다 우산 바깥에는 우
산을 쓰지 않은 사람들이 지나가고 뛰어가고 주저앉아 있
고 동일한 날씨에 속해 있지만 다르게 받아들인다 다가오
는 사람의 발걸음을 예측해 다음 걸음을 내딛는다 웅덩이

가 고이는 동안 증발해 사라지기 전까지 그곳은 누구의
발도 닿지 않는 육지가 되어가고

　무구한 장화가 지나가며 웅덩이가 깨진다

　우리는 서로에게 머무른다 해가 들면 조금 빨리 사라
진다

　칠판을 지우던 당번이
자신이 기억하는 것을 적어두고 사라진다

　어디선가 연기가 퍼져온다

진공

벽을 사이에 두고 음악을 듣는다
엿듣는 것처럼

  그러자 내 앞에 모르는 두 사람이 나타난다 여긴 제 방인데 어떻게 들어오셨나요? 집도 땅 위에 어느 날 갑작스레 들어선 불청객이니 가능한 일이지 아직 흙의 형태인 그들이 입을 열어 무언가 말할 때마다 부스러기가 떨어진다 작년의 잎사귀들이 오늘의 햇빛과 함께 천장 위에서 떨어진다 불어온 바람이 흙 두 덩어리를 감싸면 그들은 비로소 인간이 된다

  사람을 빚어내는 신처럼 그들의 턱을 팔꿈치를 무릎 뒤편을 매만지고 떠나는 바람 작은 소용돌이가 사라지면 두 사람은 내게서 시작된다 인간이 되어도 무언가를 흘리고 다니는 건 마찬가지라 그들이 손가락을 들어 입술 위로 가져다 대면 생활 소음이 가라앉아 진공이 되고 허공에서 무언가 만져지는 것처럼 손을 올리면 공간이 부푼다 지금 뭐하는 거예요? 물어도 들리지 않는 듯이 서로를 바라본다 여기는 내 방인데 어째서 무언가가 자꾸만

시작되고 느닷없이 끝나는 걸까 내일부터는 장마가 시작
된다고 했다 열흘 내내 비가 쏟아진다고 나는 그들을 지
켜보다가 배가 고파져 불 위에 냄비를 올린 뒤 돌아온다
두 사람 영원 속에 들어온 것처럼 느껴지나요?

면을 삶으며 젓가락으로 휘휘 젓는 중에도 차가운 물
에 면을 헹궈내는 중에도 오렌지 껍질을 갈아 냉우동 위
로 올리는 동안에도 사물처럼 서로를 응시하는 두 사람
해가 사라지고 일인분의 식사를 담았던 그릇의 설거지를
마치고 돌아와서도 두 사람은 여전히 서로를 바라본다
저 이제 잘게요 나는 침대에서 잠시간 외로움을 느끼다
가 잠이 오지 않아 명상을 하다가 공원에서 주워 온 신문
지로 창문 틈새를 막는다 전등을 켰다가 껐다가 오지 않
는 아침을 기다리는 동안에도 두 사람의 팔꿈치는 여전
히 닿아 있다

사람이라고 말하면 두 사람이 얽혀 있는 육체만 떠오
를 뿐
그들의 성별이나 비밀 속삭임 맥락 잃은 키스 같은 것

은 나만 알 수 있는 것

　그 이상의 스케치는 생략된 크로키 한 장과 같다
　먹구름은 쉽게 찾아오지 않고 나는 턱을 괸 채 장마를
기다린다

　그들 사이로 빗방울이 떨어지면
　그들은 축축하게 젖을까 다시 흙으로 되돌아갈까 안개
가 될까

　그들과 함께 비를 맞은 나는 무엇이 될까

　궁금해하는 동안에도 읽고 있는 소년 만화 속의 소년
은 도무지 성장할 기미가 보이지 않고 내게 있는 하나뿐
인 화분은 물기 없이 시들어가고 장마는 아직도 시작되
지 않는다 먹구름 사이로 어울리지 않는 햇빛이 방 안으
로 들어오면 두 사람은 바깥으로 나가 쏟아지는 비를 맞
으며 뛰어다닌다 음악이 다시 귓가에 들려오기 시작한다

쇠오리인 오리

처음 보았을 때 침대인 줄 알았는데 점차 몸을 일으켜 구체적인 타원형이 되어갔고 나를 안아주러 왔다

그는 자신을 청계천에서 살고 있는 쇠오리라고 소개했다

우리가 처음 만난 것은 크리스마스이브인지 크리스마스가 지난 직후인지 알 수 없는 겨울이었다 강은 얼어붙어 정지해 있고 주변은 눈이 소복이 쌓여 있었다 트리로 사용될 작은 전나무를 끌고 가는 무리들이 보였다 새해가 있는 방향으로 걸어간다고 떠들면서

내게도 날개가 있어

그는 날개 한쪽을 들어 이 얇은 면으로 기나긴 비행을 했다고 설명했다 몇 년 전까지만 해도 철새였는데 낯선 사람들이 훼손한 날개를 갖게 된 이후로 날 수 없어 오리들 곁에서 함께 살아간다고 했다

쇠오리였던 오리인 채로

그 말을 하는 동안 백색의 몸통에 무늬가 생기고 점차
청회색으로 변해간다 왼쪽 눈을 중심으로 둥근 녹색 원형
무늬가 나타난다

훼손이 신체 부위 중 하나가 되었다고
그는 표정 없는 얼굴로 그것을 자세히 들여다볼 수 있
도록 허락해주었다

그런데 너 어떻게 오리와 침대를 헷갈릴 수 있어?
둘 다 따뜻하고 보드랍잖아

침대는 날개를 들어 올리더니 날아올랐다

용기를 내어 그의 몸통 위에 몸을 뉘어도 되느냐고 물
었다면 그는 흔쾌히 고개를 끄덕였을 것이다 점차 드넓어
지는 그의 몸통 위에 누워 아래로 흘러가는 구름과 빛을
볼 수도 있었을 것이다 꿈결과 빛을 혼동해 다른 것을 말
할 수도 있었을 텐데

그는 따뜻한 공간을 찾기 위해 날아오른 것은 아니고
이곳이 아닌 다른 곳으로 가기 위해서 비행을 시작한
것처럼 보였다

다시 되돌아오기 위해 떠나는 것처럼
한곳에 오랫동안 주차되어 먼지 쌓인 자동차를 보면 쓸
쓸한 마음이 들듯이

청계천에서는 늘 비슷한 차림의 사람들이 오가고
노인 혹은 점심에만 잠시 나타났다 사라지는 사람들
때때로 아이들

아끼는 마음으로 오리를 보러 오는 사람들도 가끔씩 나
타났다

생물의 이름에 쇠가 들어가면 작다는 뜻이야

작은 것들 사이에 놓이면 커지고

큰 것들 사이에 있으면 작아지는 몸은 측정할 수 없지만

몇 개의 깃털을 남긴 침대

그 사이에서 무언가가 움직였다 새로 태어난 그것은 정
말 오리 같은 오리였다 노란색 부리와 새하얀 몸체 일정
한 속도와 몸짓으로 걸어다니다가 갑작스럽게 날아올라
물가에서 잠시 동안 날아오를 수 있음을 알려주는 날갯짓
까지

오른쪽 눈을 가리고 읽어보세요
이제는 왼쪽 눈을

한쪽 눈으로 읽었을 때 눈에 들어오는 단어들과
다른 쪽 눈으로 보았을 때 알아볼 수 있는 사물들이 달
랐다

기도 배우기

무언가를 말하고 싶은데 그게 무엇인지 알 수 없어
침묵의 상태에서도 묵묵부답의 칠판을 기다리듯이

천장을
책상을
바닥을 보았다

어둠에 가까운 칠판 위를 가로지르는 손과 글자의 획순
을 관찰하며 맨 첫 줄에 앉아 있는 소녀가 있다 팔랑팔랑
다리가 흔들린다 책장이 넘어간다

너와 나는 마을버스의 종점에서 내려보기로 한다
그곳이 도착지는 아니지만

이 길은 누군가가 먼저 지나가야 한다는 이유만으로 통
제된다
나보다 빠르게 혹은 안전하게 이곳을 거쳐 가야 하는
사람이 있다

사람들은 느슨하거나 초조한 얼굴로
먼저 지나가야 하는 사람을 상상한다
그 사람은 나타나지 않은 채 이곳을 지나쳐 간다

기다리는 동안 우리는 서로를 쪼갠다

침묵 속에서 네가 바라는 상태를 짐작하기 그것이 될
수 있도록 빌어주기

네가 배추흰나비가 되기를
자외선 자국이 남은 흰 날개를 팔랑이며 멀리 가기를
올해에도 어김없이 여름 햇빛이 피부에 도달했다는 것
을 느끼는 해변가의 축축한 몸이 되거나
모든 성장 과정을 마친 뒤 새가 떠나더라도 가지와 가
지 사이에 놓인 둥지의 무게를 체감하는 드넓은 자작나무
가 되기를

아멘

소리 내어 말하면 너는 잠시 그것이 되어 있고
그 단어를 누가 기도의 끝에 사용하기로 결정했는지 알
지 못하는 채로 뱉는다

당신의 고통 혹은 나의 소망에 완전히 몰입하지 못하고
묵상하듯 가만히 고여 신을 상상하는 시간이
자꾸만 아침 식사 시간의 접시처럼 깨지고 말아요

깨진 조각은 사라지지도 않고 심장 가운데에 쌓입니다
마치 탑처럼

교회는 저 멀리
학교는 가까이
눈물 자국 같은 별들과 빈 공터들이 어디에나 있는 동
안에도
십자가는 눈에 가장 잘 보이는 무늬

무언가를 바라는 사람들이 매주 일요일 아침 교회에 모
여 있다가 흩어지고 각자의 고통은 떠다니고

통제되어 가로막힌 도로 위로 자동차들이 줄지어 있다
　버스 안에서 칠 분 동안 가만히 멈춰 있지만 그 시간은
정지가 아닌 이동이다

　다시 천천히 앞으로 나아가는 차들 사이에서 너는 무언
가가 크게 바뀌었다고 느낀다 꼭 네가 원하는 상태를 처
음 알게 된 사람처럼

　아멘
버스에서 누가 소리내어 뱉는다

　마침표를 찍듯이

굴절률

학교 너머로
올라본 적 없는 산 너머로
져가는 햇빛
매일 일어나는 현상
사계절
스물네 시간이거나
열두 시간 동안
하루도 거르지 않고
교과서에도 적혀 있다

여기
중요한 몇 가지가 있고
등장하지는 않지만
여전히 중요한 것도 있다
이를테면
빛
입술에 맺혔다가
풀잎으로
떨어지는

증발
공기
빗방울
너무 중요한 바람에
미처 중요하다고 여기지 못하는

될 수 있거나
되고 싶은
지금 사는 곳과
살았던 곳
사이
다시 방문하기 위해
걸어서 십 분
혹은
차를 몰고 세 시간
어떤 음악
대화
소음 없이
침묵 속에서

나아가는
사이
분명 목적지를
정해두지 않았는데
자꾸만
처음으로
되돌아가는 것만 같다

잠시
인간이기를 포기하고
필요 없는 말을
몸에서
덜어낸 채로
되고 싶은 것을 발음해본다
세 번 되뇌면
내 몸은
유리가 된다
유리가 되는 것은
참 쉽구나

세 번만 되뇌면
될 수 있다니
정수리 위로 빛이 들면
다른 곳으로
빛을
옮길 수 있는
그런 유리가
그러나 정말 옮길 수 있나?
원하는 곳으로?

혼동하는 동안
내 몸은
더욱 분명한
유리문이
되어 있다
아이들은 점심 먹으러 갈 때
가장 재빨라지고
나는 이제
급식실의 유리문

저 멀리 누군가가 뛰어오는
소리를 듣지만
아직은 아무도 등장하지 않는다
자정에 가깝기 때문에
학교가 비어 있는
시간이자
다른 곳으로
옮겨 가야만 하는
빛 없는 시간

내가 유리문이기 전에
그저 유리문이었던
몸에
귀를 대고
유리 사이로 흐르는
기포 소리를
듣기 위해
애쓰다가
입술을 댄 채

더운 숨을 불어 넣어
흐릿해진 몸 위로
급식을 다 먹은 아이들이
운동장으로
교실로
돌아가기 위해
문을 오른쪽으로
왼쪽으로 밀쳐
여기서
저기로
다시 저기에서
여기로
문이 문으로서
갈 수 있는
최대까지 휘청이는 동안
손바닥 자국들 아래
이름 하나 적혀 있다

지켜보다가

불러본다
발견할 수도 없고
나타난다고
알아볼 수도 없는
이름 석 자를
반대편에서
그 단어는
완전히 반대로 보이지만
읽을 수 있다
내일은
모르는 사람의
지문 자국이 남은
카메라가
될 것만 같다

지나가던 새가 남긴
새똥 자국
내 몸에 닿고

점차
불투명해지는 과정이

따뜻하다
따뜻하다
따뜻하다

2—인용 자화상의 삼중 구조
(The Triadic Structure of the Doubly Quoted Self-Portrait)

전승민
(문학평론가)

수많은 생물을 구현해봤지만 너희만큼 이해하기 어려운 것도 없다
그래서 우리가 함께 태어난 걸까
—「동족포식」 부분

1. 목소리를 비우는 시

시는 문학 그 자체보다 더욱 문학적인 유일한 것이다.[1]

1 "나는 소설을 포함한 모든 문학이 시적인 것이라고 생각한다. 문학은 시적이다. 시적인 것은 문학적인 것보다 크다고 감히 생각한다. 문학이 그것을 읽고 쓰는 주체인 '나'로부터 출발하는 목소리들로 이루어진다는 점에서 그렇고, 작품이 재현하며 비트는 세계의 형상이 텍스트 외부에 자리한 실제 삶으로 되돌아와 세계를 이전과 전혀 다른 곳으로 만들어둔다는 점에서 더욱 그러하다"[전승민, 「사청(乍晴)」, 『퀴어 (포)에

시가 예술로서 발휘하는 여러 기법으로 인해 그렇기도 하지만, 실증적인 차원에서 지금의 우리가 읽는 시와 소설 그리고 희곡이 '시'의 총체로부터 분화했기 때문이기도 하다. 동시대의 시는 고대 서정시에서, 소설은 서사시에서 그리고 희곡은 극시에서 기원했다. 시가 현대의 문학 장르를 지금의 양상으로 형태화하게 한 근원적 에너지는 목소리다. 시의 뿌리는 음성이다. 목소리는 화자가 세계와 맺는 관계를 결정한다. 시의 화자는 그 어떤 이름을 지니더라도 일인칭의 차원에서 세계보다 우선하는 최초의 인간이다. 무엇이 무엇을 근원으로 한다는 진단은 그 자체로 그 '무엇'의 정치성을 탐문하는 출발이 되는데, 존재의 현재적인 양태가 뿌리와 맺는 관계는 '현재'를 구성하는 역사와 전통에 대한 구체적인 입장이기 때문이다. 그러므로 시가 목소리를 들여오거나 변형하고 사용하는 방식을 자세히 살피는 일은 문학의 정치성을 경험하는 시 읽기의 한 가지 방식이다.

세계를 생성하는 근원으로서 시의 목소리는 그것이 지닌 위엄에 따라 길게 말하지 않았다(보다 정확히 말하자면 길게 말할 수 없었다). 비교적 짧은 길이의 서정시가 압축된 언어의 경제학을 발휘하며 화자를 저자보다 더 큰 권력의 자리에 올려둘 때, 긴 문장의 연속으로 이루어진 산

티카』, 문학동네, 2024, p. 15].

문시의 등장은 그 자체가 화자와 청자(독자)의 위계에 도전하는 셈이었다. 즉 서정시와 산문시의 차이는 단지 길이와 함축적인 밀도에 의거하지 않으며 시가 독자에게 다가서는 물리적인 형태에서 비롯한다. 서정시가 자신의 탄생 이후 도래할 독자를 향한 발화 행위라면, 산문시는 음성의 장엄함을 과감하게 내려놓고 독자의 곁에서 나란히 함께 걷는 행위다. 산문의 리듬은 시가 걷는 걸음이다.[2] 길어진 문장 안에서 역동하는 시의 리듬은 화자의 내면에만 머무르지 않고 화자를 둘러싼 세계 안에서 일어나는 사건과 '나' 이외의 여러 대상이 발산하는 정동의 구체를 형상화한다. 시가 보여주는 산문성, 시적인 내러티브다.

약 반세기 전부터 본격적으로 시작된 포스트모더니즘 경향 안에서 시는 산문적 특질을 특히 본격적으로 체화하기 시작했다. 시와 포스트모더니즘의 결합은 전통적인 연과 행의 구조를 파괴하며 형식의 전위를 보여주었다. 이때 활자로 인쇄되는 시의 매체적 본질은 독자가 시의 말을 자신의 내면으로 끌어와 재생(replay)하는 방식에 머무르지 않고 시의 장면을 조합하여 자신만의 회화를 구성하여 재연(reconstruction)하는 방식으로까지 나아간다. 가령 윌리엄 칼로스 윌리엄스의 시가 가진 시각성은 청각과 동

2 산문시의 '산'과 산보의 '산'은 같은 '산(散)' 자를 쓴다. 흩어진 시의 목소리는 자유로이 거니는 걸음으로 변화한다.

등한 위상에 있는 대적자로서 공백과 들여쓰기, 행의 변형 등이 일으키는 배열을 통해 이미지에 대한 지각의 발생을 강렬한 시적 순간으로 만든다.[3] 이때 시의 언어는 함축을 지향하는 기의의 세계에서 언어의 시각적 외형에 주력하는 기표의 차원으로 건너가게 된다. 연과 행이 하나의 장면으로 형상화되어 시 전체가 그것들의 몽타주적 배치로 작동하며 영상으로 구현되는 시가 동시대에 등장하게 된 것 역시 이러한 영향력의 역사에 기대고 있다.[4] 포스트모더니즘 이후 시에서 청각과 시각은 결코 일치하지 않는 방식으로 공존하되 격렬히 상충한다. 청각이 만드는 운율은 시각적 구조에 의해 대체되지 않으며 시각은 시의 활자가 거주하는 '페이지' 위 질서를 형성하여 나름의 의미를 직조한다.

여기까지 살펴본 바에 의하면 포스트모더니즘의 전복

3　"귀는 눈의 노예가 아니며 독자의 시각적 반응과 청각적 반응은 개별적으로 파악되는 것이다. 심지어 독자가 시를 묵독할 때도 귀는 여전히 존재하며, 다만 눈과 일치하는 방식으로서가 아니라 눈의 시각성에 대응하는 또 하나의 개별적인 감각으로서 거기에 있는 것이다"(Peter Halter, "The Poem on the Page, or the Visual Poetics of William Carlos Williams", *William Carlos Williams Review*, Vol. 32, No. 1~2, Penn State University Press, 2015, p. 109. 번역은 인용자).
4　가령 테레사 학경 차의 『딕테』(김경년 옮김, 어문각, 2004)와 장혜령의 『발이 없는 나의 여인은 노래한다』(문학동네, 2021)가 그러하다. 장혜령의 시를 영화적으로 읽는 글로 다음을 참조할 수 있다. 전승민, 「음악이 잠든 문서들—시와 비평의 관계」, 같은 책, pp. 569~84.

과 파괴 속에서도 시의 목소리는 여전히 생존해 있는 것 같다. 그렇다면 목소리가 없는 시는 과연 불가능한 것일까? 포스트모더니즘 이후의 동시대 문학이 제기할 수 있는 가장 파격적인 질문일 법한 이 물음에 답하기 위해 우리는 신원경의 첫 시집 『축소모형』을 집어 들 수 있다. 신원경의 시는 목소리로서의 시가 아니며 서사적 장면화나 영상화를 위해 서술하는 시 또한 아니다. 그의 시는 시각과 청각의 혼종적 긴장에 기대는 것이 아니라 소리에 조금도 의지하지 않음으로써 음성의 자리를 비워낸다. 모더니즘 세계의 시간성이 청각과 결부되었다면 포스트모더니즘은 시각과 공간성을 결합하였고, 후자의 방식은 청각을 배제하는 것이 아니라 인쇄 매체의 물질성을 강조함으로써 둘의 관계를 재구성하는 것이었다. 그러나 신원경의 시는 목소리를 조용히 거절하면서 화자의 시점을 시각화하고 그것을 공간의 입체성으로 건축한다. 이것은 실로 유례없는 첨단의 방식이다. 요컨대 그는 우리가 아는 포스트모더니즘의 시로부터 연장된 동시대 시의 시각화와는 전혀 다른 방식으로 시각예술로서의 시를 내놓는다.

신원경의 시에서 발견되는 시각성은 평면적인 회화 그리기에서 끝나지 않는다. 그의 화자는 자기 자신을 포함한 평면을 도면으로 삼아 세계를 새로운 시점으로 부감한다. 절대자로서의 화자가 유구히 거주하던 일인칭의 세계는 입체적이지 않다. 눈에 보이지 않던 목소리가 눈에 보이는 장면과 풍경으로 물질화되어도 상황은 마찬가지다. 그렇다면 신원경은 어떤 방식으로 이것을 가능하게 하는가? 목소리에서 기원하는 2차원의 회화는 어떻게 3차원의 입체로서 시각화되는가? 시간과 공간은 그 안에서 어떻게 시각화되는가? 신원경이 채택한 방법론은 이인칭과 결합한 다중 시점으로서의 일인칭이다. 신원경의 시가 보여주는 일인칭과 이인칭은 우리가 알던 그것이 아니다. 그의 이인칭은 세 사람의 시점이 각각의 벡터로 작용하여 구성한 3차원의 시공간에서 파악되는 하나의 좌표다. "이미지가 아닌 글자 자체로 사샤의 곁을 스쳐 지나가기도 했다"(「사샤—해인과 사샤에게」)라는 말은 이러한 맥락에서 심층적으로 독해되어야 한다. 시가 목소리이기를 부드럽게 거부할 때, 그에게 '이미지 아닌 글자'는 무엇인가? 그것은 바로 시의 몸을 구성하는 활자 자체가 시공간을 생성하고 파괴하는 사건의 행위소로서의 언어다.

2. 중층 결정 된 일인칭, 타자로서의 '나'

시의 행위성을 살피기 위해 반세기 전으로 다시 돌아가보자. 1974년 발표된 존 애슈베리(John Ashbery)의 시 「볼록거울 속의 자화상(Self-Portrait in a Convex Mirror)」은 16세기 이탈리아 화가 파르미자니노가 그린 동명의 회화

를 소재로 한다. 파르미자니노의 그림과 제목이 일치할 뿐
만 아니라 화자가 그것을 응시하는 장면으로 시작하는 이
시는 예술의 재현이 지시적 모방이 아닌 예술가 고유의
창조적 방식(manner)[5]을 통해 대상에 도달한다고 말한다.
'볼록거울'이 왜곡하는 현실의 상은 예술의 독창적 재현이
생성한 결과물이다. 바깥으로 휜 거울은 평평한 거울보다
넓은 범위를 포착하고 대상의 크기 그리고 그것과 관찰자
가 맺는 거리를 변형한다. 그리하여 애슈베리의 포스트모
더니즘 시는 목소리로서의 시, 즉 의미와 단단히 결합한
언어의 지시적 연결 고리를 해체하는 시가 된다. 이를 화
자의 일인칭 시점으로 가져오면 시가 작품 내에서 생성한
세계의 모습이 전적으로 화자 '나'의 목소리와 시선에 의
해 결정되는 축차적인 구조 자체를 의문시하는 비판적 행
위로 읽을 수 있다. 일인칭 화자 '나'의 시선과 목소리가 지
닌 권위와 그 배타적 정당성은 위태로움에 처하게 된다.

볼록거울의 왜곡된 반사에 주목하며 자아의 세계 인식
이 그러한 왜곡의 매개를 필연적으로 전제한다는 문제의
식 안에서, 일인칭 '나'는 타자를 최초로 의미화하는 절대

5 파르미자니노의 그림은 16세기 매너리즘(Mannerism) 사조로 읽을
수 있다. 매너리즘은 르네상스의 고전미와 균형, 자연주의를 넘어서 과
장된 인체 비례와 불안정한 구도 등 예술가가 발휘하는 극적인 인위성
을 강조하며 그로부터 비롯하는 난해함과 지적 유희를 중시했다. 이때
의 '매너'는 자연을 모방하는 재현적 형식이 아니라 예술가의 자율성을
강조하는 독창적 스타일이다.

자가 아니라 오히려 바로 그 타자의 시선에 의해 탄생하는 존재가 된다. 이때 '나'의 목소리와 그를 통한 인식의 완전함, 그것의 순수성은 파기된다. 애슈베리에게 일인칭으로서의 예술은 모두 각자의 볼록거울을 통과한 왜곡의 주관적 결과물이다. 시인이 화자를 통해 자신을 대면하는 수행, 즉 거울에 비친 세계 안에서 자신의 모습을 응시하는 일은 자기 자신을 바라보는 일이 아니라 실상 가장 가까운 타인의 시선을 경험하는 수행인 것이다. 그리하여 시의 메타적인 자기반성은 언어가 실재를 온전히 견인할 수 없다는 불가능성과 그것이 본질적으로 지닌 재현 행위의 비가시성에 전적으로 기대게 된다.

예술의 지시적 재현에 대한 문제 제기는 시의 발화 행위를 표현이 아닌 사건적 행위로 해석한다. 그러므로 시가 담지하는 스스로를 해체하는 비판적 물음과 자기 반성성은 결과로서의 시가 아니라 쓰기 과정으로서의 '시'만을 오직 시이게 한다. 시를 쓰는 행위가 윤리와 정치의 차원으로 나아가는 흐름 또한 이 지점에서 자연스럽게 생겨난다. 시는 이로부터 시인이나 화자의 내면과 감정을 담는 그릇에 머무르지 않고 자기 자신을 새롭게 조직하는 구조물이자 언어가 자신을 낯설게 배치하는 자기 창조의 사건으로 구성된 시공간으로 거듭난다. 신원경의 시 역시 이와 동일한 흐름 안에서 씌어지는데, 모더니즘이 발휘하는 표현으로서의 자율성과 포스트모더니즘의 사건적 행위성 두 가지를 모두 포섭하면서 두 세계의 '사이'에 자신의 좌표를 적어둔다. 후자가 행하는 거대한 해체, 소멸의 원심력과 전자가 과시하는 자기애의 구심력 사이에서 신원경은 21세기의 시가 보여줄 수 있는 새로운 시적 정체성을 창안하고 있는 것이다. 가령 "침묵을 사이에 두고 영상이 흐릅니다"(「예정 밖 외출」)라는 말은 시의 목소리가 멈춘 곳에서의 화자와 그러한 정지 상태의 '사이' 공간에서 세계가 내보이는 풍경이 영상으로 재생되는 상황을 총체적으로 함축한다. 그러나 이 '영상' 안에 있는 것들은 이내 스크린을 빠져나가고("영상에서 흘러나오는 사람들은 가야 하는 곳이 정해져 있다는 듯 빠르게 걷고 방해물을 쫓아낸다", 「축」), 그것의 움직임을 바라보는 '나'는 다만 작은 관찰자에 지나지 않을 뿐 세계에 대한 그 어떤 확정이나 고정도 일으킬 수 없다.

　　　경상북도의 어느 가옥에서 온 가족이 휴일 아닌 날 모여 잠든 나의 인중에 손가락을 대어보고 있습니다 나는 곧 숨을 멈추고 더는 누군가의 누군가로서 의무를 이행할 필요가 없어지고 내가 얼마나 기뻐하고 있는지 가족들은 모릅니다 오로지 스스로 만들어낸 슬픔에 집중하고 있을 뿐 물레 위 흙에 손을 대면 모양이 어그러지고 부서지는 것처럼 영혼이 떠난 나를 보며 각자의 미래를 상상합니다 [……] 망상과 현실을 잠시 헷갈림

니다 고모의 고모의 고모까지 혹은 아이의 아이의 아이
까지 서로를 혼동하는 영혼이 깃든 몸 장의사가 천으로
내 얼굴을 감춰요

모두가 집으로 돌아갈 때 다시 생성되는 나
—「예정 밖 외출」 부분

잠든 '나'를 바라보고 있는 가족들을 또다시 바라보고 있는 '나'가 화자인 위 시는 일인칭 시선의 내부가 단일한 자아의 것이 아니라 이인칭과 삼인칭을 매개로 통과하며 중층 결정 되는 입체적인 것임을 메타적으로 알려준다. 유체를 이탈했거나 유령적인 상태로 가족들을 바라보고 있는 듯한 화자는 가족들의 시선에 포착되지 않는 존재고, 이 동시적인 시선의 비대칭성은 화자를 가장 넓은 영역을 바라볼 수 있는 권력자가 아닌 복수의 차원으로 층층이 이루어진 구성적인 타자로 위치시킨다. 이때 일인칭은 네 가지 차원으로 나뉜다. 시 텍스트 표면에서 독자를 향해 발화하고 있는 주체로서의 '나', 가족들의 시선 안에서 그려지는 잠든 '나', 화자가 바라보는 스크린 안에서 가족들과 나란히 배치된 '나' 그리고 최종적으로 독자에 의해 읽히고 있는 '나'가 그것이다. '모두'가 귀가하는 마지막 행의 행위에 의해 또 한 번 다르게 생성되는 '나'의 모습은 시선의 타자성으로 형성된 일인칭의 중층 구조가 늘 생성의 와중에 있는, 그 자체로 열린 구조임을 보여준다.

 통상적인 메타시가 시인의 창작론을 드러내는 장르라면, 신원경의 시 세계가 보이는 메타텍스트성은 자신의 세계가 구성되는 방식을 설명하고 해명하는 일에 방점을 두는 데에 그치지 않고 시라는 장르의 화자가 지닌 신화적 지위를 비판적으로 해체하는 데까지 나아가고 있다. 시인의 창작 과정을 시의 주제나 소재로 사용하는 것도 아니기에, 그는 결코 메타적이지 않은 방식으로 시의 새로운 메타성을 보여준다. 이는 애슈베리의 시가 보여주듯 화자의 쓰기와 말하기가 철저히 텍스트의 표면을 뚫고 넘어설 수 **없다**는 의식에 기반하고 있다. 화자의 자아와 욕망, 주체성은 모두 표면의 왜곡으로부터 생성된 깊이와 복잡성이지 표면 이전 세계에 미리 자리하는 선험적 대전제가 아니다. 중층 결정 된 일인칭의 세계에서 시는 표면 아래 심층의 의미에 결코 스스로 도달할 수 없으며 그러므로 자아는 불투명하게 왜곡된 결과들의 집합이다. 시의 일인칭이 이러한 차원에서 접근될 때, 예술로서의 시가 현실과 맺는 관계는 보존이나 반영적인 재현, 정반사가 아니라 **굴절**한 빛의 궤적이 만든 형상이 된다.『축소모형』은 이를 제시하는 3차원의 모형, 그러나 인쇄된 활자로 지어진 구체적인 기하다("마음은 입체라 어떤 것과도 견줄 수 없어",「신비의 문」).

3. 어둠으로 굴절하는 시의 빛

시 쓰기가 현실이라는 첫번째 판본을 시라는 물질적 매개에 통과시키는 일일 때, 시인이 창조한 현실은 텍스트 외부의 축자적인 대입이나 모방으로 이루어지지 않으므로 시인이 종이 위에 써 내려간 글자는 텍스트를 경계면으로 삼아 굴절한다. 시는 그 자체로 서로 다른 두 물질을 통과하는 '빛'인 셈이다. 빛이 두 종류의 물질을 통과할 때 그 경계면에서 일어날 수 있는 현상에는 여러 가지가 있겠으나, 신원경의 시가 텍스트의 경계에서 일으키고 있는 것은 주로 굴절이다. 반사는 물질의 경계면에서 빛이 튕겨 나가는 현상으로, 빛의 입사각과 반사각의 크기는 동일하다. 평면의 유리 거울은 반사를 통해 대상을 현실과 같은 크기와 거리로 이미지화한다. 반면 굴절은 통과하려는 매질의 경계에서 빛이 꺾이고 휘어지며 그 진행 방향이 바뀌게 되는 현상으로, 그 정도는 물질이 지닌 굴절률에 따라 달라진다. 애슈베리의 시에 등장하는 '볼록거울'은 굴절이 아니라 곡면 위에서 일어나는 반사에 기반하는 장치지만, 경험적으로는 굴절에 의한 왜곡과 매우 유사한 시각적 효과를 낳는다는 점에서 굴절된 결과물을 도출한다. 신원경의 중층 결정 된 일인칭 시적 주체 '나'는 시의 내부로 굴절된 주체의 상인 것이다. 그의 세계에서 자기 자신만을 순수한 근원으로 삼는 '나'는 없다.

렌즈는 쉽게 눈을 감지 않는다
내가 봐야 하는 것들을 대신 보느라

[……]

몸에서 잠시 빠져나온 내가 천장에 달라붙는다
셔터 눌리는 소리가 들린 뒤 정지된 피사체가 된다

나만 아는 순간을 모아서 정성껏 스크랩한 뒤에
어딘가에 꽂아두고 영영 펼쳐보고 싶지 않다

[……]

어두운 방 안을 들여다보는 거인들이
나를 지켜본다

고개를 들어 올려다보면
거인은 내 눈동자 속에 비친 제 모습을
처음 발견한다

눈빛을 통해 상이 맺힌다

——「정면 반사」 부분

　반사의 결과로 씌어진 시가 지시적인 현실 모사와 표현에 그칠 때, '나'는 그것을 조금도 욕망하지 않는다. 반사된 현실은 그가 모르는 다른 차원으로의 진입이 아니다. 그가 그러한 반사의 상을 그러모으는 것은 오직 자기 자신만이 볼 수 있는 유폐적인 세계를 한데 모아 치워버리기 위함이다("극장에서 손바닥으로 눈을 가려 보고 싶지 않은 장면을 실종시킨다"). 물론 이곳에도 어둠을 들여다보는 '거인들'이 있고 '나'의 눈동자는 그들에게 자기 발견의 타자적 매개가 되지만 반사된 세계를 구성하는 것은 어디까지나 '나'의 렌즈가 유일하다. 신원경의 시는 바로 그 시선의 유일함이 문제라고 말하며 유아론적 폐제의 감각으로 좌초되기 쉬운 위태로운 실존 조건을 벗어나고자 한다. 그것이 그의 시가 가진 욕망이다. 그의 시가 음성을 부러 내려놓은 이유는 바로 그 욕망의 핵을 찾기 위함이었다("무언가를 말하고 싶은데 그게 무엇인지 알 수 없어/침묵의 상태에서도 묵묵부답의 칠판을 기다리듯이"). 수십 개의 시편을 통과한 화자는 그리하여 "원하는 상태를 처음 알게 된 사람"(「기도 배우기」)으로 거듭나고 최후의 시를 쓴다. 제목은 "굴절률"로, 수록된 시편들 중 각 행의 글자 수가 대체로 가장 적어 마치 유리 안으로 굴절된 빛의 결과처럼 짧다.[6]

학교 너머로

올라본 적 없는 산 너머로

져가는 햇빛

매일 일어나는 현상

사계절

스물네 시간이거나

[……]

여기

중요한 몇 가지가 있고

등장하지는 않지만

여전히 중요한 것도 있다

이를테면

빛

입술에 **맺혔다가**

풀잎으로

떨어지는

[……]

6 빛은 공기 중보다 유리 안에서 더 느린 속도로 움직이고 이 속도의 차이 때문에 둘의 경계면에서 꺾인다. 이때 공기에서 유리로 이동하는 빛은 매질의 밀도 변화에 따라 굴절각이 작아진다. 그리고 「굴절률」의 각 행이 짧은 길이로 구성되어 있는 것은 마치 여러 사람이 하나의 문을 지나가려 할 때 문을 통과하는 속도가 느려져 서로 더 가까워지는 상황과 비슷하게 감각된다. 짧은 시행들이 서로 긴밀히 붙어 있는 형상처럼.

될 수 있거나

되고 싶은

지금 사는 곳과

살았던 곳

사이

다시 방문하기 위해

[……]

차를 몰고 세 시간

어떤 음악

대화

소음 없이

침묵 속에서

나아가는

사이

분명 목적지를

정해두지 않았는데

자꾸만

처음으로

되돌아가는 것만 같다

잠시

인간이기를 포기하고

(The Triadic Structure of the Doubly Quoted Self-Portrait)

필요 없는 말을

몸에서

덜어낸 채로

되고 싶은 것을 발음해본다

세 번 되뇌면

내 몸은

유리가 된다

유리가 되는 것은

참 쉽구나

[……]

정수리 위로 빛이 들면

다른 곳으로

빛을

옮길 수 있는

그런 유리가

그러나 정말 옮길 수 있나?

원하는 곳으로?

—「굴절률」 부분[7]

　그는 시집 끝머리에 도달해서야 욕망을 직접 발설한다.
그가 원하는 것은 '유리'가 되는 일이며 이는 '빛'을 다른

7　강조는 인용자.

곳으로 옮겨보기 위함이다. 그러나 "정수리 위"를 시종일
관 비추는 빛의 근원은 태양이고 지구에서 살아가는 '나'
는 그 빛을 옮기기는커녕 그로부터 달아날 수조차 없다.
시집 전반에서 '나'가 '어둠'으로 계속 파고들었던 까닭이
여기에 있다. '어둠'은 시의 빛이 굴절해 나아가는 이후의
세계, 매일을 장악하는 햇빛의 반사로부터 벗어나는 세
계다.

시집에 반복적으로 등장하는 '해'과 '어둠'의 관계는 이
항 대립적이다. 열과 빛의 에너지원인 해는 파괴적이고
("오후의 햇빛 아래 놓여 있던 식탁이 부서져 있다", 「축소모
형」, p. 97), 화자의 '집'에서 발생하는 화재("몸에 불을 질
러도 돼?", 「재앙과 복됨」)의 원인인 '불'과 긴밀히 연관된
다("서서히 커져가는 불길은 집의 형태", 「가풍」). 반면 어
둠은 '그림자'로서 화자가 편안하게 거주하는 실존을 안전
하게 보호해주는 물질인 '물'과 연동되며 불과 대립한다
("마지막은 그림자를 갖추는 것 [……] 빗방울이 쏟아지고",
「작은 불길」). 물속은 바깥의 현실과 달리 생성의 사건들
이 넘실대는 소란한 공간이다.[8]

8　물과 그림자 그리고 어둠은 '너'와 함께하고 싶은 화자의 욕망이 실
현 가능한 것으로 타진되는 공간이다. "태어나 한 번도 냉각되지 않은
생명체"인 '너'와 "태어나 한 번도 녹은 적 없는 눈송이"인 '나'의 교차
불가능한 실존적 한계가 무화되는 탄생의 근원지로서 물속은 생성의 사
건들로 요란하다. "눈이 내리는 건 한없이 고요하지만 물속에서는 소란
한 사건이야"(「유실물들」), "나의 방식대로 물속에 오래 담겨 있고 싶

화자가 어둠과 그림자의 세계를 반복해서 그려내는 것은 그곳이 생성의 작용이 일어나는 빈 공간이기 때문이다.[9] 어둠은 곧 화자가 몸을 누일 수 있는 공간, '축소모형'의 가장 안쪽, "빛이 들어오지 않는 모형 중앙"(「축소모형」, p. 100)이다. 모형 안쪽은 텍스트의 "행간이"(「결정체」)거나 "교과서 안쪽"(「축소모형」, p. 81) 혹은 "갈비뼈 안"(「넘어간 공」)의 공간으로, 화자가 편안히 누울 수 있는 따뜻하고 캄캄한 곳이다. "우리의 모습이 겹치고 건설되는"(「축소모형」, p. 81) 이곳에서는 그림자들 또한 재귀적인 생성을 지속한다. 화자는 그간 방백의 대상으로서만 다가서던 '너'를 비로소 '우리'라고 불러본다. 화자에게 어둠은 모든 존재와 생물, 세계가 탄생하는 창조의 시공간이다. '나'와 '너'는 그 태어남의 '모형' 안에서만 맞닿을 수 있다.[10] 시의 목소리를 포함하여 모든 '소음'이 무음 처리되는 것은 '너'와 '나'가 일으키는 파장의 진행을 방해하는 여타의 모든 것을 차단하기 위함이기도 하다.

다"(「포옹 해체」).

9 "그림자는 번진다 비어 있는 쪽으로"(「재앙과 복됨」), **"여긴 그 어느 곳보다 안전한 동네야** 하고 싶은 말을 몸속에 적었어 글자들이 겹쳐 어두워졌어"(「후숙」), "어둠 속에서 서로의 기운을 느낄 수 있도록 [……] 빛 없는 한밤이 서로에게는 유일한 아침이라는 듯이"(「정전」).

10 "우리는 서로에게 머무른다 해가 들면 조금 **빨리 사라진다**"(「약속 시간」), "스스로 아무것도 선택할 수 없는 배경을/불투명도 칠십 퍼센트로 맞춰둔다"(「축소모형」, p. 97).

스스로 아무것도 선택할 수 없는 배경을

불투명도 칠십 퍼센트로 맞춰둔다

어머니는 이미 내 것이 된 땅을 떠날 수는 없다고 중
얼거린다

그동안 **너의 시력은 어둠 속에 있다 나란히 커지는
동공 익숙해지는 그림자의 움직임** 차안기로 한쪽 눈
을 가리고 읽을 수 없는 숫자와 알파벳을 뱉는다 분명
해졌다가 흐려지는 붉은 열기구 속에 담겨

최대한 먼 곳을 응시한다
예비되어 있던 빛이 소진되면 또 다른 손전등을 꺼
내며

어둠 속에서 손을 잡고 나아가고 있다

　　　　　　　　　—「축소모형」(p. 97) 부분[11]

(불)투명도는 빛의 굴절과 관련이 있다. 빛이 물질을 통
과하는 과정에서 발생하는 것이 굴절이라면, (불)투명도

11　강조는 인용자.

는 빛이 물질을 통과하지 못하는 정도로 빛의 투과를 방해한다. 화자가 닿고 싶은 '너'는 '나'와 다른 상태의 물질적 존재이므로 빛이라는 층위에서 서로 만날 수 없고 (그래서 시집에 무수히 등장하는 '너'는 '나'의 존재를 알아채지 못하기 일쑤고) '나'는 빛을 아예 옮겨버리거나 빛이 없는 '어둠'을 창안하기를 거듭하는 것이다. 물질이 불투명하다는 것은 제게 닿은 빛을 통과시키지 않는다는 것이고, 빛이 없는 어둠에서는 그러한 투과 행위 자체가 일어나지 않는다. 지상의 햇빛 아래에서 '나'가 '너'의 마음으로 완전히 들어설 수 없다는 근원적 한계는 빛이 소멸한 어둠 속에서 급진적으로 내파된다. 어둠은 '너'와 닿고자 하는 '나'에게 경험적으로 완벽히 투명해진, '너'와 '나'가 함께 생성 중인 근원 상태로서 서로를 만질 수 있는 시공간인 셈이다.

> 모든 생물은 캄캄하고 아늑한 곳에서 만들어지잖아
> 그걸 부수며 자라나 사랑하게 되잖아 엉망이 되어가는
> 이곳을 지키기 위해 죽잖아

> 속삭인다

> [……]

> 물이 튀어 오른다

형제들은 함께 모여 잠에 든다

—「동족포식」 부분

4. 우리, 꼬인 위치에서 사랑하는 그들

영국 화가 데이비드 호크니는 2인용 초상화(double por-trait)를 여러 점 그렸다.「크리스토퍼 이셔우드와 돈 배커디」(1968),「미국인 수집가들(프레드와 마샤 바이즈만)」(1968),「클라크 부부와 퍼시」(1970~71) 그리고「나의 부모님」(1977) 등이 그것이다. 모두 실내 공간에 있는 두 사람의 모습을 담은 그림인데, 둘씩 짝지어진 인물들의 시선이 서로 어긋나고 있다는 공통점이 매우 흥미롭다. 다만 이 네 점 안에서도 작은 차이가 있다. 앞의 세 그림에서 캔버스 위의 한 사람은 마치 프레임 바깥에서 그림을 보고 있는 감상자를 응시하듯 정면을 바라보고 있고, 옆에 위치한 사람의 시선은 캔버스 내부로 향해 있다. 한편「나의 부모님」속 '아버지'는 (호크니가 그린 시선의 문법에 따른다면) 옆자리의 '어머니'를 바라보아야 하지만 그 대신 손에 든 책 쪽으로 얼굴을 푹 숙이고 있다. 요컨대 그림에서 정면을 보지 않는 인물이 얼굴을 돌려 다른 인물을 응시한다는 공통점이 있는 나머지 셋과 달리,「나의 부모님」

(The Triadic Structure of the Doubly Quoted Self-Portrait)

의 '아버지'는 자기 옆에 있는 사람이 아니라 화면 속의 또 다른 화면(텍스트)을 응시한다.

호크니의 2인용 초상화는 대부분 연인이나 부부, 사랑을 매개로 하는 관계의 두 인물을 그린 그림이다. 이때 2인용 초상화의 숫자 '2'는 하나의 화면 안에 들어 있는 서로 다른 두 종류의 시선으로 구성되며 그것들이 그리는 이에 의해 하나로 통합되지 않고 엇갈리고 있다는 점에서 단지 산술적인 의미의 '둘'이 아니다.

이는 화가 자신이 캔버스(텍스트) 안에 재현한 대상이라 하더라도 화가가 '너' 혹은 '그(녀)'의 시선을 완전히 장악하는 것은 불가능하다는 메타적 의식을 보여준다. 이처럼 텍스트 내부에서 대상들의 시선이 나란하거나 같은 곳으로 수렴하지 않는 것은, '나'와 '너'가 방백의 발화자 그리고 듣지 못하는 청자로 배치되는 신원경의 시 속 관계성과 겹친다. 그렇다면 이들의 사랑은 일상의 중력에 기대어 이루어지는 단순한 만남과 헤어짐이 아니라 각자가 개별자로서 지닌 실존의 한계, 그 시공간적인 거리를 모두 끌어안는 살아감 자체 안에서 체현될 것이다. 화자의 일인칭 시점이 두 겹의 매개, 이인칭으로서의 '너'와 '나' '너' 모두가 분화할 수 있는 삼인칭으로서의 '그'가 중첩된 다차원적 구조일 때 이 특별한 사랑은 비로소 성취된다. 몸과 몸이 직접 닿지 않은 채 '나'와 '너'는 어떻게 사랑할 수 있을까? 다시 말해 호크니의 그림 속 '아버지'와 '어머니'의 시선이 각각 다른 평면 위에 있을 때, 그들은 어떻게 사랑이라는 하나의 차원에 속하게 되는 것일까?

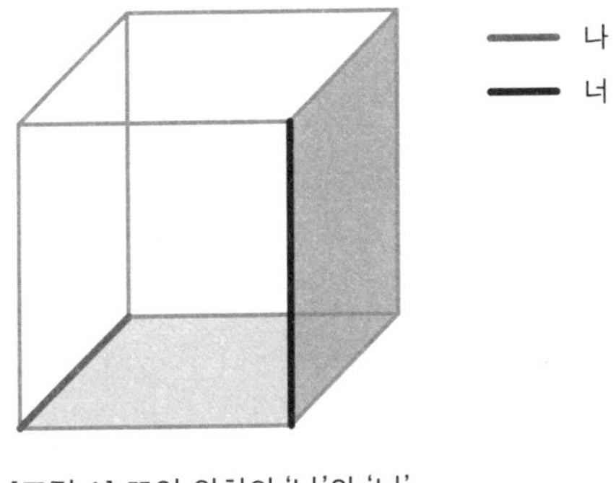

[그림 1] 꼬인 위치의 '나'와 '너'

'나'가 응시하는 시선과 '너'가 응시하는 시선을 하나의 도면으로 구성할 때 『축소모형』의 '나'와 '너'가 이루는 시선의 관계는 위의 그림과 같다. 서로 평행하지도 만나지도 않는 두 직선이 3차원의 공간에서 이루는 위치 관계를 '꼬인 위치(skew position)'라고 한다. 이때 시선으로서의 '나'와 '너'는 하나의 세계, 같은 정육면체 안에 존재하지만 서로 다른 평면을 존재의 조건으로 삼아 살아가는 중이다. 서로가 위치한 평면이 다르므로 닿을 수 없는 둘 사이에는 항상적으로 유지되는 거리가 있다. '나'와 '너' 모두 각자의 시점에서는 고유한 일인칭이지만 그 일인칭이 여러 타자성의 중층 결정으로 구성되는 것일 때, '우리'는 두

(The Triadic Structure of the Doubly Quoted Self-Portrait)

명의 동질한 '나'가 아니라 이합체로서의 형식적 묶음을 지칭하는 대명사다. 즉 '우리'라는 말은 '너'와 '나' 모두가 동시에 정확히 같은 의미로 발화하는 것이 불가능한, 다만 각자가 일인칭의 '나'로서 존재할 때 자신의 평면 안에서만 발화할 수 있다는 의미의 단어가 된다. 그러므로 『축소모형』의 사랑은 서로의 존재론적 한계와 그로 인한 만남의 불가능성을 오롯이 감당하는 일 자체가 된다.

3부의 첫 시 「정육각체의 눈」에서 화자는 자신에 대해 말하기를 유보하고 '당신'과 '그' 그리고 '사람들'과 '인간들'을 관찰하고 있다. 그가 자기 자신에게 가장 가까워지는 때는 '우리'라고 말하는 순간뿐이다("사람들은 창가 너머의 얼굴을 이해합니다 눈발에 묻히는 말과 문틈 사이에 끼어 있는 편지 밑줄 그어진 문장을 소리 내어 읽는 목소리" "우리는 여기서 눈을 맞고 있습니다"). '우리'가 알려주는 것은 '나'와 '너'가 같은 세계에서 함께 말을 나누며 눈을 맞고 있다는 사실이다. 앞서 살핀 대로, '우리'가 '우리'로서 선언될 수 있는 때는 오직 동일한 세계 안에 거주하고 있음을 확증할 수 있는 표면의 층위에 한해서만이다. 주체의 내면과 자아의 심리, 정동의 작용에 대해 '우리'는 서로를 투과할 수 없는 불투명도 백 퍼센트의 존재들이다.[12] '우리'라

12 고로 "스스로 아무것도 선택할 수 없는 배경을/불투명도 칠십 퍼센트로 맞춰둔다"(「축소모형」, p. 97)라는 화자의 말은 30퍼센트의 투명함을 길어 올려 '나'의 평면에서 '너'의 평면으로 이행하겠다는 급진적인

고 말하고는 있지만, 여전히 '당신'의 시선은 지금 곁에서 말하고 있는 '나'가 아니라 내리는 눈에 쏠려 있다. '나'는 '너'를 바라보지만 '너'는 여전히 '나'를 보지 않는다.

그치지 않는 눈을 계속 맞고 있는 이들은 각자 자신의 신을 불러내어 기도하고, "기도를 하면 할수록 외로워"지는 사람들은 얼어 죽지 않기 위해 "촘촘히 붙어" 선다. 죽음을 피할 길은 없고 인류의 역사는 곧 숱한 죽음의 역사이기도 하므로("그는 눈을 밟기 위해 태어난 사람 그는 모르겠지만 지금 내려오는 눈이 그를 키웠습니다") 각자의 기도로 소환된 서로 "다른 신이 이곳을 떠난 이들의 눈을 천천히 감겨"줄 따름이다. 펑펑 내리는 눈을 공통의 기후적 사건으로 경험하고 있는 이 세계의 사람들을 '우리'로서 지탱하는 것은 마치 눈송이들처럼 모여 있는 각각의 외로움이다. 고유한 타자적 존재로서의 '우리'는 어디까지나 일원론적 복수가 아닌 각자의 평면으로부터 놓여날 수 없는 개별자들이기에, 인간'들'의 '믿음'은 '정육각형'의 각 평면이되 '정육각체'의 세계 자체는 될 수 없다. "얼굴 위에는//눈송이 하나만이"라는 서술로 끝나는 이 시는 『축소모형』 내부에서 꼬인 위치로 관계하는 '나'와 '너'가 거주하는 3차원의 세계가 (정육면체 큐브의 전형적인 닫힌 구조가 아닌) 눈송이의 육각형을 '나'의 평면으로 삼는 세계임

실천이자 세계의 내적 조건에 대한 본질적인 저항으로 읽히기도 한다.

(The Triadic Structure of the Doubly Quoted Self-Portrait)

을 보여준다. 사각의 평면에 비해 육각의 평면은 직교로만 이루어지지 않는 이웃 구조로서 훨씬 더 열린 공간성을 자아내며 연결과 접속을 중심으로 공간을 조직한다.[13] 다시 말해 정육면체 내에서 꼬인 위치에 놓인 관계는 '나'와 '너'의 분리를 부각하는 존재론적 구조를 암시하지만 정육각체 내에서 꼬인 위치의 '나'와 '너'는 만남의 잠재태를 담지하는 관계로서 다가온다. "우리는 우리의 손을 좀 더 붙잡게 됩니다"라고 말하는 '나'의 관찰은 거짓이 아니다. 다만 이 접촉 방식은 일대일의 직접적인 연루가 아니라 어디까지나 모종의 매개물을 사이에 둔 연결이다. 눈송이처럼 말이다("이곳에서는 사이라는 단어를 뱉으면 침묵해야 한다는 규칙이 있다 네게 곧 시작될 이야기를 가늠하지 않은 채 시작되는 미래의 이야기 그 위에 올라타지 않고 서로의 눈을 똑바로 바라봐야 한다", 「실종된 숲」).

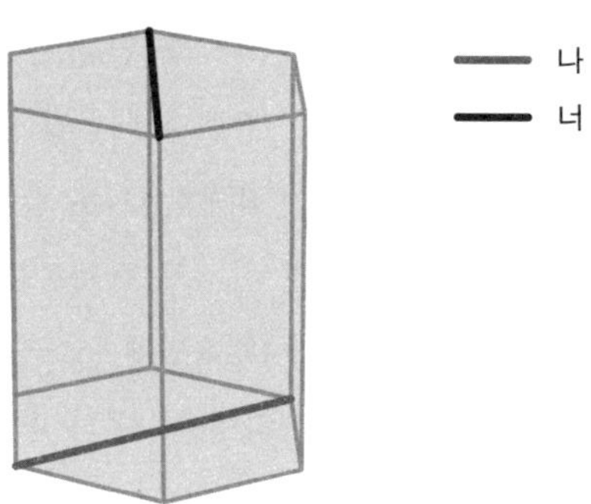

[그림 2] '정육각체'[14]의 세계에서 꼬인 위치의 '나'와 '너'

　　일인칭 '나'가 네 개의 층위로 포개진 「예정 밖 외출」
의 경우를 포함하여, 신원경의 시 속 화자는 최소한 '나'와
'너' 두 개의 층위로 중첩되어 있다. 『축소모형』의 이인칭
은 일인칭을 매개하며 일인칭은 이인칭을 매개한다. 「굴
절률」에서 "유리가 된다"라는 화자의 말은 그러한 매개물
로서 자리하고자 하는 욕망이다. 시적 주체가 최소 두 겹
의 매개물로 구성될 때, 2인용 초상화의 '2인용'은 두 인물
을 지칭하는 데에 국한되지 않고 일인칭이 실천하는 자기
재현의 재-매개(re-mediation)를 가능케 하는 인용 속의 인
용, 즉 '2-인용(doubly quoted)'으로 이루어진 초상화로 나

13　벌집(honeycomb) 구조나 얼음 상태의 물 분자 결합 구조, 탄소의
그래핀 격자 등을 예로 들 수 있는 육각 구조는 재료과학적 차원에서도
가장 안정적이고 연결의 효율이 높다.

14　정육각체는 존재하지 않는 개념으로, 신원경이 일인칭과 이인칭 그
리고 삼인칭 타자의 연속적인 중층 결정 관계를 기하학적으로 형상화한
시적 개념이자 임의의 설계도다. 한국의 모더니스트 시인 이상이 그의
연작시 「건축무한육면각체」(1932)를 통해 "3차원 시공간에서의 임의의
도형, 즉 차원 물체의 시간에 따른 움직임을 4차원 시공간에서 본 것을"
시의 언어로 형상화하려 시도했던 바 있다. 이상의 도형이 "3차원 물체
에 대해 물체의 시간에 따른 변화까지 4차원 시공간에서 설계하고 건축
함이라 볼 수 있다"(선한결 기자, 「이상 '건축무한육면각체' 물리학으로 풀
어…"이과가 이과했다"」, 『한국경제신문』 2021년 9월 23일 자)면, 신원경
의 정육각체는 그러한 양자역학적 시공간의 세계에서 살아가는 인간의
시점이 다층적으로 연결되는 관계성을 도형으로 가시화하는 개념이다.
[그림 2]는 정육각체가 아니라 정육각형을 밑면으로 삼는 각기둥으로, 신
원경의 시에 반복적으로 등장하는 '눈(snow)'의 육각 구조를 누구든 '나'
가 되는 일인칭의 기하학적 평면으로 삼아 정육각체를 구성하는 한 부
분으로 의미화한 것이다.

아가게 하는 인칭과 시점의 장치다. 시가 화자 '나'로부터 솟아나는 예술일 때, 자기 스스로가 타자-매개물이 되는 인용의 중첩 속에서 시는 세계의 절대적 창조자로서 말하는 목소리, 그것의 순수한 원본 출처로서 화자의 지위를 상실시킨다. 이는 '나'의 고유성과 그에서 비롯하는 한계를 온전히 지켜내면서 '너' 그리고 '그(들)'의 세계도 잃지 않는 새로운 윤리적 국면을 도래하게 한다. 신원경의 『축소모형』을 읽은 이는 그리하여 축자적인 지시의 세계, 시어의 기호론적 해석학에 골몰하는 자아의 서정적 세계로부터 찬찬히 멀어진다. 원본으로서의 정체성이 복수의 인용으로 매개되며 시가 '나'의 배타적인 자기 재현물로 귀속되는 것이 아니라 인용을 통한 정체성의 층위화 작업으로 읽히는 차원, 포스트모더니즘 이후의 동시대에 도래하는 새로운 시의 차원에 본격적으로 진입한다.

어둠 속에서도 생물은 살아간다 흙의 조도가 어둠보다 낮다는 사실은 어둠을 만져본 사람만이 알 수 있다

[……]

소나기를 맞지 않으려 이리저리 뛰어가는 사람들은 비의 형태를 띠고 있어서 너는 자리에 멈춰 서서 움직임을 지켜본 적 있다

모든 일이 지나간 뒤

버스의 차창에 기쁨이 튀어 있다

와이퍼로 지워내려 해도 단단히 붙어 사라지지 않
는다

네가 기쁨이 어떤 얼룩을 남기며 증발하는지 **알지
못한 채로** 빠른 걸음으로 떠나는 동안

나는 빗방울이 되어 창문에 묻은 빗방울이 다시 여러
개의 물방울로 쪼개어지고 합쳐지는 모습을 지켜본다
—「조각하는 손」 부분[15]

지시성을 전복한 언어의 세계에서 시적 주체에게 언어
는 의미보다 우선하지만, 그렇다고 할지언정 의미를 배격
하는 것은 아니다. 발화하는 주체를 완전한 소멸로 이끌
고 있지는 않으나 실존하는 '나'는 거의 객체에 가까운 정
도로 물러나 있는 듯 보이고,[16] '너'를 호명하는 관계의 스

15 강조는 인용자.
16 그러나 신원경의 화자는 자신의 욕망과 그 안에서 위치되는 '너'의
자리를 배치하고 있으므로 시적 세계의 '주체'이며, 객체라 말할 수는 없
다. 시의 화자가 본격적으로 '물러남'의 객체로서 화학적인 변화를 경

(The Triadic Structure of the Doubly Quoted Self-Portrait)

펙트럼 안에서 '축소'된 '나'의 시공간과 물리적·화학적 역
사를 구성하는 것은 '너'다. 신원경의 "축소모형"은 그러
한 일인칭과 이인칭 나아가 삼인칭과 익명의 타자들까지
도 하나의 세계—'정육각체'의 입체구조—안에 거주하는
동등한 타자들로 파악하는 시선의 기하학적 배치다.[17] 다
만 그들 모두 '나'와 꼬인 위치에 놓인 타자일 뿐, 시가 말
하는 바대로 과연 신원경의 "모형은 마을의 연대기를 끌
어안고 있다"(「축소모형」, p. 100).

　한편 「축소모형」 연작 중 네번째 시(p. 91)에서 화자는

험하는 세계를 살피고자 한다면 채호기의 시집 『이상한 밤』(문학동네,
2025)을 읽어보기를 권한다. "'나'와 '너'는 특정한 정체성의 이름표에 의
해서가 아니라 읽고 쓰는 행위(성)를 기준으로 분리되고 구별되지만 한
편으로 바로 그 행위를 통해 하나의 흐름 안에서 이어진다. '나'가 '나'를
바라볼 때 그것은 '나'이면서 동시에 '너'가 되고 그러므로 시집에서 무
수하게 등장하는 '너'들은 실상 '나'의 노드에서 뻗어나온 서로 다른 객
체들인 것이다. 그러나 '나'가 '너'의 본질적인 기원이 되는 것은 아니다.
1인칭의 2인칭으로의 변환은 **'나'의 물러남**이기 때문이다"(전승민 해설,
「모르는 채로 만지기」, 같은 책, p. 268).
17 『축소모형』 전반에는 화자가 '모르는 사람들'이 수차례 반복해서
출현하는데, 이들은 '나'와 '너'와 완벽히 분리된 타자가 아니라 '나'와 '너'
의 시선 끝에서 연장된 친밀한 존재들이다. "모르는 사람들이 서로 꽉
끌어안고 있는 장면을 가로질러 왔다 [⋯⋯] 정말 좋은 그림자들이었
어/잘 모르는 우리가 함께 만들어낸"(「후숙」), "곁의 또 다른 사람이 고
개를 끄덕이는 동안/나는 그들을 지나치며/그들의 친구가 되어 함께 쌀
국수 그릇을 비우는 모습을 상상한다"(「아침 (　)」], "강아지와 함께 햇
볕을 쬐러 온 두 사람이 있다 해가 지면 그들은 그들이 갈 수 있는 모든
곳에 발자국을 남기며 집으로 돌아간다 죽기 직전까지 우리와 함께 살
았던 이곳을 기억할 거야"(「소등」).

어둠 속으로 굴절하여 진입하는 빛을 따라가고 있고("여긴 낮에도 캄캄해"), 보다 정확히 말하자면 그 빛을 따라가는 "카오루의" 자취를 뒤따르고 있는데, "카오루는 오랫동안 만나지 못했던 스승을 보러 왔다"고 한다. 이 "스승"의 얼굴이 누구의 것인지 확언할 수는 없으나,[18] "스승"의 "마을"로 점차 들어설 때 빛이 마치 "나쁜 달나라의 장난처럼" 투사된다는 말을 염두에 둔다면 이 "스승"을 시인 김수영으로 읽어볼 수 있다. 이때 문제 상황은 「달나라의 장난」[19]의 화자가 눈앞의 "팽이가" 자신을 "비웃듯이 돌고 있다"며 엉엉 울고 있는 반면, 이 시의 화자는 그 울음을 듣지 못한다는 것이다("예전에는 우는 소리가 자주 들렸는데/지금은 아무 소리도 안 들려"). 그러나 김수영의 화자에게 가장 중요한 것은 자신의 눈물, "팽이가 돌면서 나를 울린다"는 사실 자체이나 신원경의 화자에게는 울음소리 자체가 아니라 그를 통해 "누군가에게 카오루가 될 수 있"

18　일본어 '카오루(香る, かおる)'는 '향기가 나다' '은은하게 향을 풍기다'라는 뜻인데, 그와 비슷한 발음을 연상시키는 '카오(顔, かお)'는 '얼굴'을 의미한다. 화자나 "카오루가" 오랫동안 만나지 못했던 "스승" 모두 뚜렷한 얼굴로 파악되지 않는다는 점에서 눈에 보이지 않고 이내 휘발되는 '향기'를 존재의 유일한 흔적으로 삼는다고 볼 수 있다. 레비나스에게 타자의 얼굴이 완전히 파악할 수 없는 초월적인 현존이었듯, 꼬인 위치에서 관계하는 신원경의 인물들은 '얼굴'을 정면으로 마주치는 것이 아니라 옆으로 스치는 '향기'의 감각적 방식으로만 관계하는 것으로 읽히기도 한다.
19　김수영, 『거대한 뿌리』, 민음사, 1995.

는 가능성의 확보가 중요하다. 눈앞에서 돌고 있는 "팽이"에 자아를 투사하여 자신의 감정을 외재한 대상으로 물화하는 김수영의 '나'와 달리 신원경의 시 속 화자는 "열쇠를 잃어버려 울고 있는 소년을" 보고 있는 "카오루를" 본다. 다시 말해 화자의 시선은 "소년"에서 "카오루"로 그리고 그보다 더 뒤에 있는 자신에게로 이어지고, 이처럼 굴절을 거듭하며 점강하는 시선의 각도는 자신에게 다가온 눈물, 즉 "카오루를" 매개로 하여 "소년"의 눈물이 지닌 타자성에 집중하게 한다.

김수영의 시편에서 "팽이는" 그것을 바라보는 시적 화자에 의해 주체의 내면이 덧씌워져 해석되므로 고유한 존재로서의 위치를 박탈당하고 주체의 실존을 필요조건으로 삼는 객관적상관물이다. 김수영의 "팽이가" 시대의 억압과 그에 대한 저항의 실패로 인한 자기모순과 괴로움이라는 윤리적 가치로 해석될 수 있다 하더라도 이는 대상을 바라보는 자가 지닌 시선의 힘이 사물을 지배하는 권력 구도 내에서만 유효하므로, 이때 "팽이는" 철저히 화자에게 귀속된 부속물에 지나지 않는다. 도구화된 대상에서 파생되는 윤리성은 시적 화자의 주체성을 비대하게 증식하며, 세계는 화자의 목소리 뒤에 놓이게 된다. 이것이 바로 절대적 권위자로서의 목소리를 발휘해온 전통적인 시적 화자가 세계를 '창조'하는 역학이었다. 그러나 「조각하는 손」에서 나타나는 상황은 시적 화자가 행하는 무소불위의 권력에 대한 승인이 아니며 오히려 그와 정반대다. '나'는 '너'의 기쁨이 남기는 "얼룩"의 모양과 "증발"의 양상을 모르며 그저 '너'가 떠나는 뒷모습만을 볼 수 있다. '나'가 "창문에 묻은 빗방울이 다시 여러 개의 물방울로 쪼개어지고 합쳐지는 모습을 지켜"보는 것처럼 그는 '너'의 내면에서 일어나는 작용과 정동의 형상을 식별할 수 없으며 그것은 마치 여러 빗방울이 뭉치고 흩어지는 표면의 현상만을 볼 수 있는 상황과 같다. 이인칭의 심층 내면으로 접근할 수 없는 일인칭의 존재론적 한계를 창문 유리 위로 흐르는 빗방울들의 운동에 비유하면서, 시인은 일인칭이 표층 세계의 관찰자로서만 이인칭과 삼인칭에 접근할 수 있음을 제시한다. 「축소모형」(p. 91)에서 화자가 "달나라의 장난"을 두고 '나쁘다'고 말한 것은 이 때문으로 짐작된다. 신원경의 세계에서 '나'의 실존은 타자들로부터 출발하고 ("여자들의 이야기는 점점 내 것이 된다", 「포옹 해체」) 화자의 시적 변화 역시 타자들과의 연루 속에서만 가늠된다 ("그들과 함께 비를 맞은 나는 무엇이 될까", 「진공」). 한 시인의 시 쓰기가 세계를 담으려 할 때 그 세계가 '나'의 단독적인 인식과 주도권에 의해 축조된 자아의 확장된 판본에 불과하다면, 시는 세계를 '나'의 그림자에 불과한 것으로 '축소'해버릴 위험이 있다.[20] 시의 '나'가 목소리로 말할

---

20 신원경의 '그림자'는 타자가 생성되는 탄생의 공간이며, 신원경의

때 세계와 그 안의 대상들은 모두 침묵하게 되는 것이다.

　김수영의 화자는 자기 비하와 좌절을 통해 자신의 어둠을 폭로하며 그것을 비판적 실천과 윤리의 시발점으로 변환한다. 그러나 그러한 실패와 분열이 주체로서의 자기 서사에 편입되어 '나'의 부피를 확대하는 도구로 사용된다는 점에서, 이때 발생하는 시의 윤리성과 정치성은 일인칭의 차원에 유폐되고 만다. "팽이"의 회전과 함께 발생하는 화자의 윤리성은 타자들과의 관계 속으로 나아가지 못하고 주체가 자신의 내부에 계속 갇히도록 하는 유인으로 작동할 수 있는 것이다. 반면 신원경의 「조각하는 손」에서 '너'는 "알지 못한"다는 화자의 단언은 '너'의 세계를 지배하는 전지전능한 '나'의 권능을 알리는 문장이 아니며, '너'는 세계를 직접 경험하는 당사자로서의 일인칭 자리에서 조차 세계를 모두 파악할 수 없다는 한계와 진실을 '너'에게 그리고 또 다른 '너'일 수 있는 '나'와 '그(들)' 모두에게 전한다. 「축소모형」(p. 91)의 화자 역시 "카오루의" 이야기를 독자에게 전하고 있지만 "카오루의 얼굴이 더는 기억나지 않는다"라고 말할 뿐이다. 신원경의 시 세계에서 일인칭을 포함한 모든 인칭은 각자가 지닌 시선의 빛이 서로의 내면을 굴절하여 만든 불완전한 세계상만을 경험한다.

'축소'는 주체를 절대적 기준으로 삼는 환원이 아니라 전통적인 목소리의 권위를 누려온 시적 화자의 크기가 '축소'되어 '너' 그리고 '그(들)'와 동등한 차원의 평면에 거주하는 한 명의 타자로 체현되는 것을 말한다.

　　이처럼 전통적인 시적 화자 '나'의 권위를 부드럽게 해체하는 『축소모형』은 언뜻 비인칭성과 비서정성을 지향하는 듯 보이기도 할 테지만 실은 그렇지 않다. 『축소모형』의 서정은 통상적인 한국 시에서 보아온 서정의 발생 과정과 반대되는 방향성을 보인다. 시의 서정으로부터 윤리와 정치가 태어나는 것이 아니라 시가 쌓아 올린 윤리적 시선으로부터 따뜻한 촉각의 서정이 최후로 탄생하는 것이다. 신원경의 서정은 즉물적이지 않으며, 그의 일인칭이 이인칭과 삼인칭보다 멀리 위치하는 것과 마찬가지로 그것은 가장 나중에 도착한다. 가령 「청혼」에서 화자가 '너'를 사랑할 때 '너'는 다른 사람을 사랑하고, 그래서 '너'의 사랑으로부터 태어난 낯선 사람들을 사랑하기로 마음먹는 대목이 그러하다("사랑하는 사람이 사랑하는 사람까지 사랑해보기로"). 이 시에서도 '너'는 여느 때처럼 '나'를 보지도 알아채지도 못하는데("새롭게 설계된 너와 사랑에 빠지려는 순간/한참을 기다려도 나를 발견하지 못하는 너"), 그는 사랑하기를 포기하는 것이 아니라 오히려 "너와 모르고 지낸 날짜로 돌아"가 빈 공간으로서의 관계에서 다시 출발하기를 바란다. '너'는 사실상 '나'에게 '그'이지만 바로 그 타자성의 심화 속에서 '나'는 사랑의 생장을 더욱 믿어 의심치 않는 것이다("사랑은 햇빛이 드는 곳이면/어디서든 자라날 수 있다//비어 있는 공원에 간다").

　　「굴절률」에서 화자가 빛을 매개하는 '유리'가 되기를 욕망하는 것 역시 '너'의 불투명함에 다가서기 위함이었다. '나'의 빛이 '너'를 투명하게 통과할 수 없기에 '나'는 그 불투명함 자체에 가 닿고자 하는 것이다. 꼬인 위치에서 '우리'의 사랑이 성취되는 상황은 「투명한 돌」에서 잘 드러난다. '너'가 '나'의 손바닥 위에 올려 준 "빛이 든 투명한 돌"은 '우리'의 산책 속에서 사라지며 투명함을 잃는다. 대상이 '투명하다'는 것은 주체가 해석하는 의미의 총합만으로 그것의 정체성이 규정된다는 말인 데 반해 대상이 '불투명해지는 것', 다시 말해 "투명한 돌"이 사라지는 것은 '나'의 해석을 초과하거나 거부하며 주체의 기호 작용으로부터 벗어나는 양상을 뜻한다. '너'는 돌발적이다. '나'가 '너'를 사랑하면 할수록, 만지고자 할수록 '너'와 '돌'은 불투명해진다("돌은 만지면 만질수록 불투명해졌다"). 그러나 이야말로 '나'가 바라마지않던 일, '너'의 평면 위에 거주하고 있는 불투명한 '너' 자체로 다가서는 일이다. '나'는 "투명한 돌을" "하늘 높이 들어 내가 보지 못하는 것을 담아 오길 바랐"으나 "다시 들여다본 원석 안에는 네 눈밖에 보이지 않"는데, 이는 '나'가 사랑하는 '너'의 본질이 '나'의 시선으로는 볼 수 없는 불투명함이라는 역설을 함축한다. 굴절은 사랑하는 일이다. 하지만 그와 동시에 파괴의 행위이기도 하다(「동족포식」). 신원경의 파괴는 생성의 순환을 일으키는 '나'의 인위이자 시적 상상의 힘이며[「아침 (   )」], 그리하여 사랑과 접붙는다. 이런 맥락에서 '너'를 사랑하는 화자가 "오늘 내가 되어볼 것은/가본 적 없는 공원에 있는 너"(「청혼」)라고 말할 때 '너'가 되는 일은 절대적 타자로서 '너'의 불투명함에 가장 가깝게 다가서고자 하는 욕망의 발현으로 읽힌다. 사랑하는 '너'와 정면으로 접촉할 수 없는 인간 실존의 본질적인 한계와 함께 '나'의 빛은 '너'를 향해 끊임없이 굴절한다. 무한히 반복되는 굴절, 영원히 반복되는 사랑만이 '너'의 불투명함에 점근할 수 있음을 신원경의 '나'는 이미 알고 있다. 어긋난 채 공존하는 사랑의 기하학적 방법론을 아는 우리는 가장 불투명한 그림자 안에서 서로를 만진다.

신원경의 '나'는 서로를 이해하는 일, 사랑이라는 거대한 숙명적 난관에 봉착하기 위해 태어난 자이며(「동족포식」), 이제 그 어려움의 진실 자체를 사랑의 본질로 삼기로 한다. '너'인 동시에 '그'이기도 한 '나'는 '너'에게 다가갈 수 없는 진실의 아픔 속에서 역설적으로 '너'를 만진다. 시가 독자에게서 시인을 발견하고 시인이 독자에게서 시를 되찾아내듯, '나'는 '너'에게서 그리고 '너'는 '나'에게서 '너'를 본다. 그리고 이 몽타주적 배치가 '우리'가 살아가는 세계를 만든다. 『축소모형』은 인간이 다른 인간을 사랑할 때에만 발생하는 비환원적 입체 구조다. 시인은 그의 첫 시집에서 시가 발견할 수 있는 우주의 새로운 진실을 찾아냈다.

(The Triadic Structure of the Doubly Quoted Self-Portrait)

점차

불투명해지는 과정이

따뜻하다

따뜻하다

따뜻하다

——「굴절률」부분